Andrea Pabel

Reiten mit dem Wind

Ein Wildpferd für Johanna

Schneiderbuch

EGMONT

MIX
Papier aus verantwortungsvollen Quellen
FSC® C083411

1. Auflage

verlegt durch EGMONT Verlagsgesellschaften mbH,
Gertrudenstraße 30–36, 50667 Köln

Erstmals erschienen unter den Titeln »Der Kampf mit dem Koyoten« und »Der Ritt durch die Schlucht« bei Schneiderbuch
Umschlaggestaltung: Sandra Taufer, München,
unter Verwendung eines Motivs von © FabioFilzi / Getty Images
Satz: Greiner & Reichel, Köln
Printed in the EU (675292)
ISBN 978-3-505-13643-6
www.schneiderbuch.de

Ich danke Harvey Beartrack jr. für seine Bereitschaft, mir von seinem Wissen, den Erfahrungen und Traditionen seines Volkes zu berichten, und für sein Einverständnis, einiges davon zu veröffentlichen.

Andrea Pabel

… mein Pferd unter mir ist friedvoll,
friedvoll der Klang seines Wieherns.
Ich bin immerwährend und friedvoll,
so gleiche ich meinem Pferd.

Altes Lied der Navahos

Der Kampf
mit dem Kojoten

Prolog

Auf der kargen und wilden Hochebene New Mexicos, der Mesa, gibt es auch heute noch einige Herden wild lebender Pferde. Die Menschen in den indianischen Reservaten sind oft so arm, dass sie manche ihrer Zucht- und Arbeitspferde im Winter sich selbst überlassen müssen. Die Herden streifen frei umher und suchen sich ihr Futter selbst. Einige dieser halbwilden Pferde kehren aber im Frühjahr nicht mehr in die Pueblos zurück, sie lassen sich nicht mehr einfangen.

So wurden sie im Laufe der Jahre und Generationen zu Wildpferden der Mesa in den Bergen.

Die edle Zuchtstute Nesha aus dem indianischen Pueblo war in einem sehr kalten Winter zu der Herde des legendären pechschwarzen Wildhengstes El Moro gestoßen. Nur wenige Menschen hatten diesen ungezähmten Hengst jemals gesehen, aber die Indianer erzählten Wunderdinge von ihm und dass er magische Kräfte besitze. Als Nesha nach zwei Jahren ihren Weg zurück zu den Menschen fand, brachte sie ein wildes, kleines Fohlen mit, das zu einer Stute heranwuchs – der schwarzen Stute Biba.

Auf der Suche

»Schau, dort unten sind sie!«, rief Michael Gelber Vogel.

Johanna blickte in die Richtung, in die er deutete, und entdeckte im Cañon unter sich eine kleine Gruppe von Pferden, die sich um ein Wasserloch drängten.

Vorsichtig begannen die beiden, in den Cañon zu klettern, ohne einen Stein zu lösen, der die Pferde erschrecken könnte. Sie waren lange über die Mesa gegangen, jenes wüstenartige Hochplateau New Mexicos, auf dem die Pferde aus dem nahe gelegenen Pueblo den Winter über halbwild umherstreifen. Obwohl Johanna mit ihrer Familie nun bereits ein halbes Jahr in der kleinen Stadt Paseo lebte, verwirrte die Landschaft sie noch immer.

So weit sie sehen konnte, erstreckte sich die baumlose Ebene vor ihr. Jetzt, am Ende des Winters, waren die Büsche und Gräser braun, die Steine und der rötliche Lehm noch teilweise von einer dünnen Schneekruste bedeckt. Michael ging trittsicher auf dem schmalen Pfad vor ihr. Er hatte sein langes, schwarzes Haar zu einem Zopf geflochten, trug eine dicke Daunenweste, Jeans und Cowboystiefel. Von seiner Mutter, einer Cheyenne-Indianerin aus Oklahoma, hatte er die hohen Wangenknochen geerbt, von seinem Vater aus dem Pueblo die runde Gesichtsform, eine breite Nase und volle Lippen.

Seine dunklen Augen leuchteten, als er sich zu Johanna umwandte und den Zeigefinger an die Lippen legte. Als sie um den nächsten Felsblock spähten, waren sie den Pferden näher, als Johanna vermutet hatte. Alle Tiere der kleinen Herde waren erschreckend mager. Durch das struppige

Winterfell sah man die Rippen, die Hufe waren rissig und ungepflegt. Ihre verfilzten Mähnen und Schweife wehten im kalten Wind.

»Warum kümmert sich denn niemand um sie?«, flüsterte Johanna.

»Es gibt zu viele Pferde im Pueblo, und das Leben im Reservat ist hart!« Michael schwieg einen Augenblick. »Warte nur, bis wir die Stute gefunden haben, die ich dir zeigen will ... Winston Gomez sagte, dass er es sich nicht leisten kann, sie zu behalten, weil seine Mutter ins Krankenhaus musste.«

Prüfend musterte er die Pferde und sagte endlich: »Bei dieser Herde ist sie nicht. Lass uns ein Stück weitergehen!«

Johanna schaute auf die Uhr. »Ich muss nach Hause, Michael. Ich habe Florian versprochen, ihm bei den Hausaufgaben zu helfen!«

Schweigend machten sie sich auf den Rückweg. Bald tauchten die viereckigen Häuser aus Adobe, den roten Lehmziegeln, vor ihnen auf. Die meisten Häuser des Pueblos, in dem Michael wohnte, waren aus Lehm gebaut. Die Straßen waren ungepflastert und voller Fahrrinnen und Schlaglöcher. Auf den flachen Dächern mancher Gebäude lagen Hirschgeweihe, an die viele kleine Adlerfedern gebunden waren.

»Was bedeutet das?«, hatte Johanna einmal gefragt, aber Michael hatte sie nur abweisend angeblickt und undeutlich gemurmelt: »Es sind Gebetsfedern!«

Die Indianer sprechen nicht gern über diese Dinge, das wusste Johanna. Seitdem hatte sie ihn vieles nicht mehr gefragt, was sie gern gewusst hätte.

»Morgen Nachmittag versuchen wir es noch einmal«, schlug Michael vor, als sie an der Bushaltestelle angekommen waren.

»Klar!« Johanna nickte. »Ich möchte die Stute unbedingt vor der Versteigerung sehen.«

Michael strich ihr das kupferfarbene Haar aus dem Gesicht und küsste sie auf die Wange. Dann drehte er sich schnell um und ging zum Pueblo zurück.

»Wo warst du denn so lange?«, begrüßte ihr jüngerer Bruder Florian Johanna, als sie nach Hause kam. Für seine acht Jahre war er erstaunlich groß und kräftig. Er hatte rotblonde Locken und blaue Augen, viele Sommersprossen auf der Nase und eine riesige Zahnlücke, durch die er mit großer Treffsicherheit Kirschkerne spucken konnte.

»Ich war mit Michael auf der Mesa, um das Wildpferd zu suchen, das er mir zeigen will. Aber wir haben es heute wieder nicht gesehen«, erwiderte Johanna.

Florian verzog das Gesicht. »Immer bist du mit diesem Typ zusammen«, sagte er altklug. »Papa mag das nicht, das weißt du.«

Johanna zuckte die Schultern. »Zeig mir deine Hausaufgaben!« Sie wechselte schnell das Thema und setzte sich an den Tisch.

Florian ging auf die deutsche Schule und hatte noch Eingewöhnungsschwierigkeiten. Das lag aber auch daran, dass er lieber mit seinen neuen Freunden draußen spielte und die Nachbarschaft erforschte, als zu lernen.

Vor sechs Monaten waren die Küffners von Deutschland nach New Mexico gezogen, weil Johannas Vater für zwei Jahre als Dozent für Kunstgeschichte am College in Paseo unterrichtete. Johanna fühlte sich hier wohl. Neben den Hauptfächern wie Mathematik, Englisch und Sozialkunde wurde den musischen und künstlerischen Fächern große Bedeutung zugemessen. Es gab Unterricht in verschiedenen Maltechniken, auch die Kunstgeschichte ferner Länder wie Japan oder China wurde unterrichtet, und die Schüler konnten in den Werkstätten Kurse in Töpfern, Weben, Silberschmieden und anderem Handwerk belegen.

Auf dem College hatte Johanna Michael kennengelernt. Zuerst waren ihr seine Bilder aufgefallen, einfache Malereien in transparenten, leuchtenden Farben, die sie faszinierten. Michael war anfangs sehr wortkarg gewesen, aber mit der Zeit war eine enge Freundschaft zwischen ihnen entstanden. Als Johanna ihm erzählte, dass ihr Vater versprochen hatte, ihr zu ihrem fünfzehnten Geburtstag ein Pferd zu schenken, hatte Michael spontan gesagt: »Du, ich weiß das richtige Pferd für dich!« So versuchten sie nun seit Tagen, diese Stute auf der Mesa zu finden, denn nächste Woche sollten die Pferde versteigert werden.

Johannas erster Gedanke am Morgen des nächsten Tages galt der Suche nach ihrem Wildpferd. Im Badezimmer blickte sie prüfend in den Spiegel. Ihre kupferroten, lockigen Haare standen widerspenstig ab. Seit sie in New Mexico lebte, hatte sie sich verändert. Sie war noch immer kräftig, ohne dabei pummelig zu wirken wie als Kind, aber ihr Gesicht war schmaler geworden und ihre graugrünen Augen ernster. Entschlossen bürstete sie ihre Haare. Heute mussten sie das Pferd finden.

Michael wartete bereits auf sie, als sie mit dem Fahrrad um die Ecke bog. Er stand an einen Zaunpfahl gelehnt am Ende des Pueblos und blickte nachdenklich über die Mesa. Johanna stellte ihr Fahrrad ab. Ohne sich umzuwenden, nahm Michael ihre Hand und sagte: »Ich glaube, sie muss dort drüben sein!« Er deutete in die Richtung der gewaltigen Berge, die auf der östlichen Seite die Mesa begrenzten und sich in der Weite verloren.

»Woher willst du wissen, dass sie dort ist?«, fragte Johanna skeptisch.

Michael sah sie an. »Ich fühle es«, sagte er einfach.

»Dann lass uns losgehen, ich möchte sie endlich sehen«, rief Johanna. Ungeduldig zog sie den Reißverschluss ihres Anoraks zu.

»In Deutschland gibt es auch Berge wie hier, stimmt's?«, fragte Michael, nachdem sie eine Weile gegangen waren.

Johanna nickte. »Ja, in Bayern, wo wir früher wohnten, gibt es herrliche Berge. Aber die Landschaft ist trotzdem ganz anders als hier. Zu Hause sind die Farben blasser, vor den Bergen sind kleine grüne Hügel, Dörfer und Gärten, und die Erde ist dunkelbraun, nicht rötlich wie hier. Die Gegensätze sind in New Mexico so scharf. Da ist die Mesa, flach wie ein Brett, und auf einmal ragen die Berge steil in den Himmel.« Nachdenklich verstummte sie.

Allmählich kamen sie den Bergen näher. Michael suchte den Boden nach Hufspuren ab. »Wir müssen uns weiter nördlich halten. Es kann sein, dass sie in der Nähe des Flusses Futter suchen!«

Aber nach einer weiteren Stunde hatten sie die Wildpferde noch immer nicht gefunden. Endlich blieb Johanna erschöpft stehen.

»Michael, ich kann nicht mehr. Die Mesa ist so groß, wir laufen hier sinnlos herum und finden die Pferde doch nicht. Vielleicht hat die Stute den Winter gar nicht überlebt? Du hast selbst gesagt, dass manche Pferde krank werden und an Entkräftung sterben, weil sie zu schwach sind, um bis zum Frühjahr durchzuhalten!«

»Johanna, gib jetzt nicht auf. Ich weiß, dass die Stute am Leben ist. Sie stammt aus der ausdauerndsten und zähesten Blutlinie unserer Wildpferde. Ihre Mutter hieß Nesha, sie ist eine der besten Zuchtstuten, die es je gab. Es war ein schwerer Schlag, als sie in einem besonders kalten Winter mit einer kleinen Herde bei einem Schneesturm auf der Mesa verloren ging. Als sie nach zwei Jahren wiedergefunden wurde, war das Einjährige an ihrer Seite das schönste und kräftigste Fohlen weit und breit. Es wurde als Wildpferd in diesen Bergen geboren und hat schon als Fohlen gelernt, sich in der Natur zu behaupten. So eine Stute geht nicht einfach zugrunde. Diese Pferde sind stark, sie haben zu kämpfen gelernt. Glaub mir, wir finden sie heute!«

Johanna sah die Entschlossenheit in Michaels Gesicht, aber sie wollte trotzdem nicht weitergehen.

»Du gibst viel zu schnell auf«, sagte Michael und strich ihr mit dem Zeigefinger über die Stirn. »Und immer, wenn du dir Sorgen machst, ziehen sich deine Augenbrauen zusammen wie Gewitterwolken, und deine schönen, grünen Augen verschwinden unter dieser Wolke.«

»Du hast wahrscheinlich recht«, gab Johanna zu. Sie nahm seine Hand.

Der Pfad wurde immer steiler und steiniger. Sie kamen nur langsam voran.

»Hast du das Wiehern gehört?«, flüsterte Michael.

Johanna schüttelte den Kopf.

»Es kam von dort drüben, da ist ein Talkessel«, sagte Michael leise.

Der Weg wurde nun so schmal, dass Johanna hinter Michael gehen musste.

Auf einmal blieb er stehen. Vor ihm fiel die Böschung steil ab und gab den Blick in ein kleines Tal frei.

»Dort sind sie!«, flüsterte er aufgeregt.

Etwa fünfzehn Pferde suchten am Grunde des Tales zwischen Steinen und Geröll ein paar spärliche Grashalme. Braune, Schecken und Schimmel grasten dicht aneinandergedrängt.

»Wo ist sie?«, fragte Johanna ungeduldig.

»Dort, links am Rand, die schwarze Stute«, erklärte Michael und deutete nach unten. »Sie ist dein Pferd!«

»Wie?«, rief Johanna enttäuscht. »Das kann doch nicht dein Ernst sein! Sag nur, wir sind tagelang durch die Mesa gelaufen, damit du mir dieses arme Tier dort zeigst?« Sie warf Michael einen empörten Blick zu und schaute ungläubig zu der Herde hinunter.

Die Stute, auf die Michael gezeigt hatte, war mittelgroß, ihre Knochen stachen spitz aus dem glanzlosen Winterhaar hervor. Die Flanken waren eingefallen, ein dichter, verfilzter Haarschopf bedeckte den Kopf, im Schweif steckten zahllose Kletten.

»He«, sagte Michael leise, »ich dachte, dass du was von Pferden verstehst. Lass uns näher rangehen. Vielleicht kannst du sie von hier oben nicht so gut erkennen.«

Kritisch musterte Johanna die Stute, als sie sich der Herde bis auf ein paar Meter genähert hatten.

Michael pfiff leise durch die Zähne, und da flog der Kopf der schwarzen Stute hoch. Ein Windstoß wehte ihr die Stirnlocke aus dem Gesicht, feurige, glänzende Augen sahen zu ihnen herüber. Der Blick der Stute drückte so viel wilden Stolz und eine seltsame Entschlossenheit aus, dass Johanna erschauerte. Verwirrt sah sie Michael an.

»Verstehst du nun, was ich meine?«, fragte er.

Johanna runzelte die Stirn. »Ja«, sagte sie zögernd. »Aber glaubst du wirklich, dass sie belastbar ist? Dass sie sich für Distanzrennen eignet? Ich möchte ein Pferd, das ich für Fünfzig- oder gar Hundert-Meilen-Rennen trainieren kann. Diese Stute macht nicht den Eindruck, als ob sie das aushalten könnte. Sieh nur, wie dünn ihre Beine sind! Die Arme!«

Michael legte Johanna den Arm um die Schultern und sah ihr in die Augen. »Johanna Küffner«, sagte er und rollte das R wie ein Spanier, »soll ich dir eine Geschichte erzählen?«

Johanna nickte, und sie gingen ein paar Schritte zurück und setzten sich auf einen Felsblock.

»Auf einer Ausstellung im letzten Sommer traf ich einen Maler aus Frankreich. Er erzählte mir eine Geschichte. Es lebte einmal ein Bildhauer in Paris, der den Auftrag erhielt, die Skulptur eines Pferdes zu meißeln. Also bestellte er einen großen Steinblock. Die Männer, die den Stein lieferten, legten ihn in den Garten des Bildhauers. Gleich kamen die Kinder aus der Nachbarschaft herbeigelaufen, um sich den Stein anzusehen. Das war kurz vor den Sommerferien. Noch bevor der Bildhauer zu arbeiten begann, fuhren die Kinder in die Ferien. Als sie am Ende des Sommers wiederkamen und neugierig in den Garten des Bildhauers sahen, war der Steinblock verschwunden. Stattdessen stand dort ein schönes, steinernes Pferd. Ein kleiner Junge lief zu dem Bildhauer und zupfte ihn am Ärmel. Er fragte, woher der Bildhauer gewusst hatte, dass in diesem Steinblock ein so schönes Pferd verborgen war?«

Michael schwieg eine Weile. Dann wandte er sich Johanna wieder zu. »Verstehst du, was ich damit sagen will? Man muss sehen können, wie jemand, ein Mensch, ein Tier, eine Pflanze wirklich ist, seine Fähigkeiten wahrnehmen und die Kräfte, die in jemandem stecken, erkennen, auch wenn sie noch nicht sichtbar sind.« Er machte eine Kopfbewegung in Richtung der Stute. »Du magst recht haben, im Moment sieht sie aus, als könnte sie einen Reiter keine zwei Meilen tragen – aber ich sage dir, sie ist das beste Pferd weit und breit.«

Der schrille Schrei eines Habichts drang aus der Ferne zu ihnen, und ein kalter Windstoß fegte durch die dürren Gräser.

Johanna blickte nachdenklich auf die Stute. Plötzlich krachte ein Donnerschlag. Die Stute warf den Kopf hoch und stieg leicht. Ihre Mähne schlug wie eine dunkle Flamme empor, als sie sich herumwarf und in gestrecktem Galopp davonstürmte. Mit der Leichtigkeit einer Schwalbe flog sie über Steine und Felsbrocken, ihre Hufe schienen kaum den Boden zu berühren. Ihr Hals wölbte sich stolz, und ihr Schweif wehte wie eine Flagge hinter ihr her, als sie an der Spitze der Herde aus dem Tal stürmte.

Wie ein Spuk war plötzlich alles vorüber, das Tal lag wieder still da, in der Ferne ballten sich Gewitterwolken zusammen. Am Horizont wetterleuchtete es.

Johannas Augen funkelten. »Du hast recht, Michael! Es steckt viel mehr in ihr, als ich auf den ersten Blick vermutet habe. Ich hätte es nie für möglich gehalten, dass sie so laufen kann!«

Michael nahm ihre Hand. »Es ist gut, dass du sie gesehen hast. Aber laufen müssen wir nun selbst, wenn wir nicht nass werden wollen«, sagte er und deutete zum Himmel.

Kurz bevor sie die Straße erreichten, fing es an, in Strömen zu regnen. Johanna wollte ihr Fahrrad nehmen, doch Michael hielt sie zurück. »Warte, du kannst bei diesem Wetter nicht fahren. Der Regen dauert sicher nicht allzu lange. Komm mit mir nach Hause, bis es vorbei ist.«

»Meinst du, das ist deinen Eltern recht?«, fragte Johanna. Noch nie hatte Michael sie mit nach Hause genommen.

»Es ist nur Großmutter da, mach dir keine Sorgen«, sagte er kurz.

Als Johanna wenig später mit Michael das Haus betrat, blickte die alte Frau am Herd sie prüfend an. Ihr Gesicht war von vielen Runzeln durchzogen, und an den Händen sah Johanna, dass die alte Frau in ihrem Leben schwer gearbeitet hatte.

Obwohl sie ein wenig gebückt ging, wirkte sie stolz. Sie trug einen einfachen Rock und eine Wolljacke über der Bluse. Ihre grauen Haare hatte sie im Nacken zu einem festen Knoten gebunden.

Johanna blickte sich beklommen um. Der Boden war mit altem Linoleum bedeckt, die Wände aus rötlichem Ziegelstein. Schwere, runde Holzbalken stützten die Decke. In einer Ecke des Raumes hingen Familienbilder und eine Marienfigur in grellen Rosa- und Blautönen. Michael wechselte ein paar Worte in seiner Sprache mit der alten Frau, und sie erhob sich, holte aus dem Küchenschrank zwei Blechtassen und stellte sie auf den Tisch. In einem Emaillekessel auf dem Herd brodelte Kaffee. Sie schenkte ihnen ein und stellte Milch und Zucker auf das verblichene Wachstuch, das den Tisch bedeckte.

Alte Truhen standen an einer Wand des Raumes, getrocknete Maiskolben hingen von der Decke, die Couch in der Ecke war mit einem Wirrwarr bunter Decken und Kissen vollgestopft. Auf einer hellgrünen Kommode stand ein Fernseher, daneben auf einer Spitzendecke ein Radio und eine vergoldete Uhr. Eine magere Katze schlief zusammengerollt in einem Pappkarton voller Holzspäne.

»Setz dich doch«, riss Michaels Stimme Johanna aus ihren Gedanken. »Großmutter spricht kein Englisch, aber sie heißt dich willkommen.«

Die Türe knarrte und wurde vorsichtig geöffnet. Zwei dunkle Haarschöpfe tauchten auf und darunter zwei Kindergesichter, die scheu hereinschauten. Die beiden kleinen Mädchen mochten etwa vier und fünf Jahre alt sein. Sie blickten Johanna an, hielten die Hand vor den Mund und kicherten. Michael sagte etwas in seiner Sprache, und sofort verstummte das Kichern. Die beiden Kleinen kamen auf ihn zugelaufen und setzten sich auf seinen Schoß. Michael wirkte auf einmal sehr erwachsen und reif für seine achtzehn Jahre.

»Das sind meine Nichten Maria und Wenona«, stellte er die beiden Johanna vor. »Großmutter gibt auf sie acht, weil ihre Mutter in Santa Fe arbeitet und nicht immer hier ist.«

»Lebt ihr Vater auch in Santa Fe?«, fragte Johanna.

»Ihr Vater lebt nicht mehr«, antwortete Michael in einem Ton, der alle weiteren Fragen verbot.

Johanna blickte betreten in ihre Kaffeetasse. Sie begann, sich überflüssig zu fühlen.

»Es tut mir leid«, sagte Michael sanft. »Wir haben andere Sitten als ihr. Bei uns ist es unhöflich, als Gast nach persönlichen Dingen zu fragen. Manchmal vergesse ich, dass du das ja nicht wissen kannst.«

Langsam hörte der Regen auf. »Ich gehe nun nach Hause«, sagte Johanna und stand auf. »Bitte sag deiner Großmutter Danke für den Kaffee.«

Michael übersetzte, und die alte Frau nickte Johanna zu. Michael begleitete sie zur Tür. Die Abendsonne warf schräge Strahlen auf die Straße, die feuchte Erde dampfte. »Ich wollte dich vorhin nicht kränken«, sagte Michael. »Mein Bruder fuhr vor zwei Jahren betrunken von Albuquerque nach Hause und raste eine Böschung hinunter. Er starb nach einer Woche im Krankenhaus, mein jüngster Neffe starb noch an der Unfallstelle.«

»Das tut mir leid«, murmelte Johanna betroffen. Michael hatte seinen Bruder noch nie erwähnt.

»Mach dir keine Gedanken darüber«, sagte Michael und nahm sie in die Arme. »Freu dich auf dein Pferd. Und komm gut heim!«

Johannas Entscheidung

Es war dämmerig, als Johanna nach Hause kam. Ihr Vater saß über einen Zeitungsbericht gebeugt am Wohnzimmertisch. Er war ein großer Mann Mitte vierzig, dessen lockige, braune Haare an den Schläfen grau wurden. Er trug Jeans und einen blauen Wollpullover. Er lächelte, als Johanna ins Zimmer trat.

»Papa, ich habe heute endlich mein Pferd gefunden!«, rief Johanna und begrüßte ihn stürmisch.

»Das freut mich«, sagte ihr Vater. »Wie sieht es aus?«

Johanna zögerte einen Augenblick. »Sie ist schwarz und etwa einen Meter fünfundfünfzig groß. Im Moment ist sie nicht gerade in guter Verfassung. Sie wurde kaum gefüttert und ist vernachlässigt.« Johanna räusperte sich. »Um ehrlich zu sein, Papa, sie machte einen jämmerlichen Eindruck. Aber dann habe ich sie laufen sehen! Du glaubst gar nicht, wie schnell und leichtfüßig sie sich selbst in steinigem Gelände bewegt. Michael sagt, sie ist eines der besten Pferde weit und breit.«

»Hoffentlich hat Michael damit recht, und du wirst nicht übers Ohr gehauen, Johanna. Ich weiß nicht, ob man den Jungs aus dem Pueblo trauen kann. Ich habe schon zu viele Geschichten gehört, bei denen Leute übervorteilt wurden.«

»Papa! Wie kannst du so was sagen!« Johanna war empört. »Das sind doch Vorurteile! Michael würde so was nie tun!«

»Ich warne dich nur«, lenkte ihr Vater ein. »Vielleicht solltest du zu einem Pferdezüchter gehen und dich dort einmal umsehen. Wir könnten morgen Abend zu Gregory Millers Ställen fahren und uns seine Pferde anschauen.«

»Gut. Aber ich glaube nicht, dass ich ein Pferd von dort haben möchte«, meinte Johanna skeptisch.

»Es kann nicht schaden, sich verschiedene Pferde zur Auswahl anzusehen. Ich möchte ja nur, dass du wirklich ein Pferd bekommst, mit dem du zufrieden bist.«

Später erzählte Johanna ihrer Mutter in der Küche, wie sie die schwarze Stute in den Bergen gefunden hatten.

»Weißt du, Mama, zuerst war ich enttäuscht, weil sie auf den ersten Blick nicht so kräftig wirkte, wie ich sie mir vorgestellt hatte. Aber als sie sich bewegte, wusste ich, dass ich dieses Pferd und kein anderes haben möchte. Sie hat mich so durchdringend angesehen! Ich wusste gar nicht, dass Pferde einen so anschauen können. Es ging mir durch und durch!«

Ihre Mutter hörte aufmerksam zu. Sie sah, wie Johannas Augen strahlten, als sie von der Stute sprach.

»Papa wird dir sicher das Pferd kaufen, das du gern haben möchtest«, sagte sie schließlich. »Aber tu ihm den Gefallen, und sieh dir noch ein paar andere Pferde an. Dann hat er das Gefühl, dass du nicht blindlings das erstbeste Pferd genommen hast, das Michael dir empfohlen hat. Du weißt doch, dass er sich selbst so für Pferde interessiert!«

Johanna nickte. »Warum ist Papa Michael gegenüber immer so misstrauisch?«, fragte sie ihre Mutter.

»Michael ist Indianer, und ihr kommt aus zwei verschiedenen Welten. Ihr seid verschieden aufgewachsen und erzogen worden. Papa befürchtet, dass ihr euch deshalb auf die Dauer nicht verstehen werdet!«, sagte ihre Mutter ausweichend.

»Michael ist mein Freund!«, rief Johanna aufgebracht. »Es ist mir egal, ob er Indianer ist oder vom Nordpol kommt. Du hast mir selbst oft genug gesagt, dass man keine Vorurteile haben und einem anderen seine Hautfarbe nicht vorwerfen darf. Wichtig ist doch nur, was für ein Mensch er ist! Michael versteht mich besser als Papa mit seinen ewigen Ratschlägen!«

»Reg dich nicht auf, Johanna. Ich persönlich habe gar nichts gegen Michael. Sei ein bisschen diplomatisch, und sieh dir morgen mit Papa die Pferde an, damit er zufrieden ist.«

Die Straße zu Gregory Millers Ställen führte am Rio Grande entlang. Der mächtige Fluss wand sich tief in einem Cañon, dessen Seitenwände aus rotem Sandstein steil und zerklüftet aufragten. Große, weiße Wolkenschiffe standen reglos am Himmel, weit in der Ferne am Horizont erhob sich eine Bergkette. Dazwischen erstreckte sich, so weit das Auge reichte, die baumlose Mesa.

Bald tauchten die weißen Koppelzäune der Ranch auf. Gregory Miller kam ihnen lächelnd entgegen, als sie aus dem Auto stiegen. Er war ein hochgewachsener Mann Ende dreißig, dem man ansah, dass er viel Zeit an der frischen Luft und in der Sonne verbrachte.

»Ich glaube, ich habe genau das richtige Pferd für ein junges Mädchen. Man möchte ja ein Pferd, das sich sehen lassen kann, stimmt's? Kommen Sie, ich zeige Ihnen gleich zwei Pferde, an denen Ihre Tochter viel Freude haben würde.«

Johanna folgte den beiden Männern an den Koppelzaun. »Sehen Sie dort drüben den Fuchswallach?« Miller wies auf ein großes, gut gebautes Pferd mit schneeweißer Mähne. »Er ist gerade sechsjährig, ein vielversprechendes Tier. Der Wallach hat beste Papiere, er ist Western und Englisch geritten. Ein vielseitiges Pferd, er eignet sich sowohl zur Dressur als auch zum Springen oder zum Distanzreiten.«

Johanna betrachtete den Fuchs genau. »Die Schimmelstute dort drüben steht auch zum Verkauf«, fuhr Gregory Miller fort. »Möchten Sie eins der beiden Pferde reiten?«, fragte er Johanna.

Sie zögerte. »Ich habe mich eigentlich schon für ein Pferd aus dem Pueblo entschieden«, sagte sie ausweichend. »Ich möchte Ihnen keine Mühe machen.«

Ihr Vater runzelte die Stirn. »Sie sind doch Pferdefachmann«, sagte er. »Was halten Sie von diesen Pueblopferden?«

»Meistens taugen die Pferde von dort nicht viel. Sie sind schlecht gehalten, verwildert und meistens nicht reinrassig. Man kann einmal Glück haben und dort billig ein gutes Pferd finden, aber das ist selten. Mit meinen Pferden gehen Sie kein Risiko ein. Sie wissen, was Sie haben, und müssen nicht erst abwarten, wie sich ein Pferd entwickelt.« Er sah Johanna aufmunternd an. »Kommen Sie«, schlug er freundlich vor. »Ich sattle Ihnen den Fuchs einmal. Dann sehen Sie, wie gut er zu reiten ist.«

Wenig später saß Johanna in einem bequemen Westernsattel. Der große Wallach folgte gehorsam allen Hilfen und reagierte sensibel auf jede Gewichtsverlagerung. Johanna ritt ihn in allen Gangarten durch die große Arena.

»Sie sieht wirklich gut aus«, sagte ihr Vater stolz. »Wissen Sie, ich möchte, dass sie ein Pferd bekommt, das zu ihr passt und keine Schwierigkeiten macht. Nicht irgendein verwildertes Indianerpony.«

Gregory Miller nickte zustimmend. »Ja, das verstehe ich gut. Ich sattle schnell die Schimmelstute, damit Ihre Tochter sie zum Vergleich auch reiten kann.«

Auch die Stute ließ sich willig lenken, nur wollte sie nicht so recht vorwärtsgehen. Als Johanna, das Pferd am Zügel, zum Ausgang der Bahn zurückkam, sah ihr Vater sie erwartungsvoll an. »Welches der beiden Pferde gefällt dir besser?«, fragte er.

»Der Fuchs«, antwortete Johanna und sah zu dem Wallach hinüber. Ob Michael wirklich recht hatte? Ob die Rappstute aus den Bergen das richtige Pferd für sie war? Für einen Augenblick kamen ihr Zweifel. Der Wallach war in guter Verfassung, er war groß und kräftig und sicher ein Pferd, auf das sie sich verlassen konnte. Ob die schwarze kleine Stute tatsächlich so ausdauernd war, wie Michael gesagt hatte? Sie würde sie vor der Auktion nicht einmal reiten können.

Johanna musterte den Wallach sorgsam von oben bis unten. »Er heißt Tonio«, sagte Miller. »Sein Vater war ein bekannter Western-Champion.«

Da zerriss der schrille Schrei eines Habichts die abendliche Stille. Johanna schauderte, plötzlich fühlte sie sich zurückversetzt in das Tal in den Bergen, spürte wieder den durchdringenden Blick der schwarzen Stute. Es war ihr, als hörte sie Michael sagen: »Sie ist dein Pferd, Johanna.«

Alle Zweifel waren auf einmal verflogen. Der Fuchs war ein gutes Pferd, aber nicht ihres.

Ihr Vater sah sie fragend an. »Nun, hast du dich entschieden, Johanna?«

»Ja, Papa. Ich möchte die Stute aus den Bergen«, sagte Johanna entschlossen. »Aber ich kann es mir ja noch einmal überlegen«, fügte sie schnell hinzu, als sie den enttäuschten Gesichtsausdruck ihres Vaters sah.

»Papa, können wir auf dem Rückweg bei Johnsons vorbeifahren? Wir wollen doch mein Pferd dort unterbringen!«, sagte Johanna, als sie wieder im Auto saßen. »Ich möchte sehen, ob dort noch etwas zu tun ist, bevor ein neues Pferd dazukommt.«

»Na gut«, stimmte ihr Vater zu und bog in die Straße zu Johnsons kleinem Anwesen ein.

»Nett, dass Sie vorbeikommen!«, begrüßte Jill Johnson sie. »Ich wollte Sie heute anrufen und fragen, wann Ihr Pferd kommt.«

»Wahrscheinlich nächste Woche. Am Sonntag ist die Versteigerung im Pueblo«, antwortete Johanna.

»So, so, ein Pferd aus dem Pueblo«, meinte Jill Johnson nachdenklich. »Ich hoffe, Sie kennen dort jemanden, auf den Sie sich verlassen können.«

Johanna lächelte. »Ja, das tue ich. Michael Gelber Vogel hat mir geholfen, mein Pferd auszusuchen.«

Jill Johnson sah sie freundlich an. »Michael ist ein netter Junge«, sagte sie. »Ich bin froh, dass er nicht mehr trinkt. Und dass er wieder malt.«

»Ich wusste gar nicht, dass Michael Probleme mit Alkohol hat«, sagte Johannas Vater.

»Früher trank er viel mit seinem Bruder«, erzählte Jill Johnson. »Es traf Michael sehr, als er damals tödlich verunglückte. Er hat, soweit ich weiß, seitdem keinen Tropfen mehr angerührt.«

»Ich hoffe, dass es dabei bleibt«, sagte Johannas Vater. »Indianer scheinen Alkohol besonders schlecht zu vertragen«, fuhr er fort und sah seine Tochter besorgt an.

»Das ist ein Vorurteil«, widersprach Frau Johnson. »So dürfen Sie das nicht sagen. Halten Sie sich einmal die Situation vor Augen, in der sich die meisten jungen Indianer befinden. Es ist nicht einfach, in zwei verschiedenen Kulturen zu leben. Viele sprechen ihre eigene Sprache nicht mehr, und niemand hat ihnen die alten Sitten und Gebräuche beigebracht. Doch auch die Welt der Weißen ist ihnen fremd. Manche versuchen, zu vergessen, dass sie Indianer sind, und wollen so sein wie die Weißen. Aber dadurch verleugnen sie sich im Grunde selbst, ihre Identität, ihre Geschichte und Kultur. Andere besinnen sich auf ihre Traditionen und bemühen sich, sie zu erhalten. Aber es ist schwer, den widersprüchlichen Anforderungen der indianischen Tradition und denen des modernen Lebens in Amerika gerecht zu werden. Tragen sie ihre Haare lang, so werden sie von den meisten Weißen als rückständig bezeichnet und abgelehnt. Schneiden sie aber ihre Haare kurz, dann brechen sie mit den Sitten ihres Stammes. Das ist nur ein kleines Beispiel für den Konflikt, in dem sich viele junge Indianer heute befinden. Dieser Zwiespalt ist einer der Hauptgründe, weshalb viele trinken. Sie versuchen ihre Probleme, die ihnen unlösbar erscheinen, für ein paar Stunden zu vergessen. Aber Michael wird es schaffen. Er ist ein begabter junger Mann, ich mag ihn.«

Johannas Vater sah Jill Johnson erstaunt an. »So habe ich darüber noch nicht nachgedacht«, meinte er.

Johanna sah Jill dankbar an. Die ablehnende Haltung ihres Vaters Michael gegenüber hatte sie oft verletzt. Sie freute sich, dass er das erste Mal ein wenig Verständnis zeigte. »Was ist denn noch zu tun, bevor wir das Pferd zu Ihnen bringen können?«, fragte sie eifrig.

»Eine ganze Menge«, antwortete Jill. »Wir haben schon lange kein viertes Pferd mehr eingestellt. Die Box muss ausgebessert werden. Wir halten die Pferde zwar das ganze Jahr über draußen im Offenstall, aber die Box sollte doch instand gesetzt werden, falls wir sie einmal brauchen. Die Koppelzäune müssten auch kontrolliert werden, mein Mann hat so wenig Zeit dafür.«

»Ich komme morgen nach der Schule vorbei«, versprach Johanna.

»Du kannst unmöglich eine Box allein reparieren«, sagte ihr Vater.

»Das habe ich auch nicht vor«, erwiderte Johanna. Ihre Augen blitzten unternehmungslustig. »Michael hat versprochen, mir dabei zu helfen.«

Den ganzen Abend über dachte Johanna an die schwarze Stute. »Ich kann die Versteigerung kaum erwarten«, sagte sie zu Florian.

»Geht mir auch so«, rief er. »Wie heißt sie eigentlich?«

»Ich weiß es nicht. Vielleicht müssen wir uns einen Namen für sie überlegen«, sagte Johanna. »Es soll ein besonderer Name sein, der schön klingt, weil sie so ein besonderes Pferd ist.«

Michael brach ein morsches Brett aus der Boxwand. Sorgfältig passte er ein neues Stück Holz ein und nagelte es fest. Er trat ein paar Schritte zurück und besah die Wand. »Sie wird die Box zwar nicht mögen«, sagte er, »aber es ist gut, sie für alle Fälle zur Verfügung zu haben.«

»Ob sie wohl am Anfang sehr scheu sein wird?«, fragte Johanna.

Michael setzte sich auf einen Ballen Stroh. »Sie hat zwar den Winter über kaum Kontakt mit Menschen gehabt, aber ich kannte den Mann, der sie eingeritten hat. Niemand im Pueblo verstand sich besser auf Pferde als der alte Nelson Heller Stern. Die schwarze Stute war eines der letzten Pferde, das er zugeritten hat. Nelson sagte mir damals, dass sie das beste Pferd sei, das er je ausgebildet habe.«

»Ich wollte, ich könnte meinen Vater davon überzeugen«, meinte Johanna nachdenklich. »Er ist dir gegenüber so misstrauisch.«

»Ich weiß«, sagte Michael leise. »Ich spüre das oft in der Schule, selbst wenn er meine Bilder anschaut. Viele Weiße begreifen nicht, wie wir denken, und es ist ihnen unheimlich. Ich weiß, dass diese Stute das richtige Pferd für dich ist, aber ich kann es nicht erklären oder beweisen. Dein Vater ist nicht gewohnt, nur seinem Gefühl zu vertrauen. Weiße werden meist nicht dazu erzogen. Wahrscheinlich versteht er mich deshalb nicht.« Michael sah Johanna an, sanft strich er ihr durchs Haar.

Sie nahm seine Hand und lächelte. »Ich glaube, Papa ist eifersüchtig auf dich. Er spürt, dass ich auf deine Meinung mehr gebe als auf seine, und das verletzt ihn.«

Michael hielt schweigend ihre Hand. Sein Blick schweifte über die Weide und folgte einer Elster, die wie ein schwarz-weißer Pfeil nach Osten flog. »Ich mag dich sehr, Johanna«, sagte er leise. »Du bist anders als die anderen Mädchen. Du hast eine eigene Sprache, so wie ich eine eigene Sprache habe. Du kennst die Welt hier und die Welt in Deutschland. Ich kenne das Leben im Pueblo und die Welt hier draußen, und es gibt nur wenige Menschen, die aus eigener Erfahrung wissen, was es heißt, zu zwei Kulturen zu gehören.«

Johanna nickte. »Das ist nicht einfach.«

»Kaum jemand versteht, wie schwierig das ist. Ich würde nicht jedem diese Stute zeigen, Johanna. Nur dir, denn du verstehst mich, wie mich selten ein Mensch verstanden hat, der nicht selbst Indianer ist. Du bist klug, du kannst schweigen und plapperst nicht dauernd drauflos wie die meisten anderen Mädchen. Darum bin ich mit dir in die Berge gegangen, um die schwarze Stute zu suchen.« Michael sah ihr in die Augen. »Ich möchte, dass du das beste Pferd aus dem Pueblo bekommst.«

»Danke, Michael«, sagte Johanna. Sie lehnte ihren Kopf an seine Schulter. Die Abendsonne funkelte in ihren Haaren und ließ sie wie dunkles Kupfer leuchten. Michael summte vor sich hin, Johanna erkannte die Melodie. Es war ein Lied, das er manchmal leise sang, wenn die Sonne unterging. Johanna schloss die Augen. Sie fühlte sich so ruhig und friedvoll wie seit Langem nicht mehr. Noch nie hatte sie ein solches Gefühl der Zusammengehörigkeit mit einem anderen Menschen empfunden. Sie konnte sich ihr Leben ohne Michael nicht mehr vorstellen.

Die Versteigerung

Johanna blickte nervös auf ihre Uhr. »Papa, können wir bald fahren?«, fragte sie ungeduldig.

Ihr Vater legte die Gabel beiseite und meinte: »Die Versteigerung beginnt erst in zwei Stunden, Johanna. Aber sobald wir mit dem Essen fertig sind, machen wir uns auf den Weg.«

»Ich möchte auch mitkommen!«, rief Florian aufgeregt. Er scharrte ungeduldig mit den Füßen unter dem Tisch. »Ich möchte sehen, wie Papa das Pferd ersteigert!«

»Wir fahren alle zusammen hin«, schlug seine Mutter vor.

Eine Viertelstunde später fuhren sie die staubige Sandstraße zum Pueblo entlang.

Vor der Brücke, die über einen klaren Fluss zur Plaza, dem Marktplatz des Pueblos, führte, parkten sie den Wagen. Ein großes Schild warnte: »Keine Autos, Kameras, Tonbandgeräte, Radios oder Notizbücher!«

»Ich verstehe nicht, warum die Indianer so strenge Regeln haben. Es schadet doch niemandem, wenn er fotografiert wird!«, stellte Vater Küffner fest.

»Du würdest es sicher auch nicht mögen, wenn du dauernd fotografiert und bestaunt würdest wie ein Tier im Zoo. Im Sommer wimmelt es im Pueblo nur so von Touristen«, sagte Johanna. »Ich finde es nicht gut, wenn Leute von Tänzen und Zeremonien Tonbandaufnahmen und Fotos machen und sie dann irgendwo verkaufen oder veröffentlichen und damit Geld verdienen. Mit den Indianern und ihrer Kultur sind weiß Gott genug Geschäfte gemacht worden, an denen hauptsächlich andere verdient haben.«

Ihr Vater zuckte die Schultern. »Ich halte diese Verbote trotzdem für übertrieben.«

Als sie über die Brücke gingen, sahen sie kurz hinter dem Pueblo eine rötliche Staubwolke. »Dort müssen die Paddocks sein!«, rief Johanna.

»Was ist ein Paddock?«, wollte Florian wissen.

»So nennt man die besonders gut eingezäunten Pferche, in die die Pferde getrieben werden«, erklärte Johanna.

Die Plaza wimmelte bereits von Menschen. Manche Frauen trugen weite Röcke, bunte Blusen und perlenbestickte Mokassins, andere Jeans und Cowboystiefel. Sie hatten Sonnenbrillen auf, die ihre Augen verbargen. Es wurde Spanisch, Indianisch und Englisch gesprochen. Überall roch es nach frischem Brot und Chilis, das an kleinen Ständen verkauft wurde.

»Oh, dort gibt es Tamales!«, rief Florian und steuerte zielstrebig auf eine Bude zu.

Johanna folgte ihm. »Was gibt es hier?«, fragte sie neugierig. Schon drückte Florian ihr ein warmes, rechteckiges Päckchen in die Hand, das in Maisblätter gewickelt war. »Ich habe Tamales neulich bei meinem Freund Enrice gegessen. Du musst es unbedingt probieren. Du klappst die Maisblätter um, wie man eine Banane schält. Die Füllung ist aus Hackfleisch und Gemüse; sie ist in einem Teig aus Maismehl gebacken und schmeckt toll!«

»So etwas habe ich ja noch nie gegessen«, sagte Johanna verwundert. Sie probierte neugierig. »Stimmt, Florian, es schmeckt wirklich gut«, stellte sie fest.

Auf den flachen Dächern terrassenartig aufeinandergebauter Häuser gingen zwei alte Männer hin und her. Sie waren in bunte Decken gehüllt und betrachteten das Leben auf der Plaza aus einiger Entfernung. Von weither hörte man den Klang einer Trommel und das Singen von Frauen und Männern.

Johanna bahnte sich einen Weg durch die Menge zu den Paddocks. Sie hielt Florian an der Hand, um ihn im Gedränge nicht zu verlieren.

»Ich möchte Michael finden«, sagte sie. »Er weiß sicher, ob die schwarze Stute schon hier ist.«

Bei den Paddocks blieben sie stehen. Mehrere Männer in gemusterten Hemden ritten auf wendigen, kleinen Pferden umher und trieben eine Pferdeherde geschickt durch ein Gatter. Daneben standen bereits etwa zwanzig Pferde, die an eine lange Stange angebunden waren. Hufgetrappel, schrilles Wiehern, das Schwirren der Lassos und die rauen Rufe der Treiber erfüllten die Luft.

Florian hustete. »Der Staub kratzt im Hals«, rief er. Dann zeigte er nach Osten. »Schau, da kommt noch eine Herde!«

In weiter Entfernung sah man eine rötliche Staubwolke, die sich mit erstaunlicher Geschwindigkeit näherte.

»Ich hätte euch beinahe verloren«, rief Johannas und Florians Vater hinter ihnen. »In diesem Gedränge solltet ihr nicht einfach verschwinden, ohne uns zu sagen, wo ihr hingeht!«, sagte er vorwurfsvoll.

Aber Johanna hörte ihm kaum zu. »Papa, sieh nur!«, rief sie aufgeregt und zeigte auf die näher kommende Herde. Schon waren einige Pferde zu erkennen. An der Spitze der Herde flog wie ein schwarzer Pfeil die Stute aus den Bergen dahin. Sie streckte sich mit jedem Galoppsprung mehr, Mähne und Schweif schienen waagerecht im Wind zu stehen. An ihrer Flanke jagte, tief auf den Hals seines grauen Pferdes geduckt, ein Reiter.

»Das ist sie!«, rief Johanna stolz. »Sieht sie nicht wunderbar aus, Papa?«

»Ja, laufen kann dieses Pferd«, sagte ihr Vater anerkennend.

Die Herde kam der Umzäunung immer näher. Einige Treiber ritten den Pferden entgegen, um sie zum Stehen zu bringen. Die Männer schwenkten unter lauten Rufen bunte Tücher.

Die schwarze Stute verlangsamte ihr Tempo. Sie schien zu wittern. Dann hielt sie, plötzlich sich aufbäumend, inne und versuchte sich herumzuwerfen. Aber die Herde drängte ihr entgegen. Ein wilder Tumult aus Pferden und Treibern entstand. Da erkannte Johanna den Reiter auf dem grauen Pferd.

»Da ist Michael!«, rief sie. Begeistert winkte sie ihm zu.

Michael hob kurz die Hand zum Gruß, dann wendete er sein Pferd und trabte der schwarzen Stute nach. Johanna sah ihm bewundernd bei der Arbeit zu.

Er trieb geschickt ein paar Pferde in eine Koppel. Michael saß tief im Sattel, man sah, dass er viele Tage zu Pferde verbracht hatte. Reiten schien für ihn selbstverständlich zu sein, die Hilfen, die er seinem Pferd gab, waren fast unsichtbar. Sein Gesicht war ruhig und konzentriert, er hielt die Zügel locker in einer Hand und benutzte sie kaum.

Jetzt hatte er die schwarze Stute in eine Ecke der Umzäunung gedrängt.

Michael band sein Lasso, das er um den Sattelknauf gewickelt hatte, los. Als er zum Wurf ausholte, galoppierten einige Pferde an ihm vorbei und liefen zwischen ihn und die Stute. Er ließ das Lasso sinken und wartete, bis die Tiere sich beruhigt hatten. Die schwarze Stute bewegte sich langsam zwischen den anderen Pferden. Michaels Augen wurden schmal, als er sorgfältig die Entfernung abschätzte. Er ließ das Lasso einige Male kreisen, dann flog es plötzlich durch die Luft.

Johanna sah, wie sich die Stute aufbäumte, als sie den Zug des Seiles um den Hals spürte. Die Pferde sprengten auseinander, in der aufgewirbelten Staubwolke konnte

Johanna nur noch schemenhaft die Gestalten des grauen und des schwarzen Pferdes erkennen. Michael hatte das Ende des Lassos um den Sattelknauf gewickelt. Sein Pferd stemmte die Vorderbeine fest auf den Boden, um nicht von der tobenden Stute mitgerissen zu werden.

Nach einer Weile blieb sie erschöpft stehen. Vorsichtig ritt Michael näher an sie heran. Er sprach leise mit ihr. Die Ohren des Tieres bewegten sich nervös.

»Ist dieses Pferd denn gezähmt und geritten?«, fragte Johannas Vater ungläubig.

Wie gebannt verfolgte sie Michaels Arbeit. Ohne die Augen von ihm abzuwenden, nickte sie. »Ja, Papa, einer der besten Pferdetrainer hat sie zugeritten.«

»Woher weißt du das?«, fragte ihr Vater skeptisch.

»Michael hat es mir erzählt«, antwortete Johanna.

Ihr Vater schüttelte den Kopf. »Michael hat es dir erzählt«, wiederholte er. »Und du glaubst ihm? Diese Stute verhält sich doch wie ein Wildpferd, das zum ersten Mal Menschen sieht!«

»Sie war als Fohlen ein Wildpferd, Papa. Später wurde sie gezähmt und eingeritten. Sie ist jetzt an Menschen nicht mehr gewöhnt, weil sie den Winter über frei in der Herde gelaufen ist«, erklärte Johanna. »He, sieh doch!«, rief sie aufgeregt und deutete zu den Pferden hinüber.

Michael war aus dem Sattel geglitten und hatte sich der Stute bis auf wenige Meter genähert. Er hatte ein Halfter lose über der Schulter hängen und stand der Stute jetzt regungslos gegenüber. Nur seine Lippen bewegten sich leicht. Die anderen indianischen Treiber hielten Abstand von ihm, sie schienen zu wissen, was er tat.

Die Stute stampfte nervös mit dem Vorderhuf. Ein Windstoß fegte durch ihre dichte Mähne. Sie betrachtete Michael aufmerksam. Allmählich wurde sie ruhiger, und auf einmal senkte sie den Kopf und trat ein paar Schritte auf ihn zu. Er hob langsam die Hand und berührte kurz ihre Stirn. Die Stute schnaubte leise und kam einen weiteren Schritt näher. Michael begann, sie sanft zu streicheln. Er trat an ihre Seite und streifte ihr mit einer ruhigen Handbewegung das Halfter über. Die Stute folgte ihm auf ein Zupfen am Führseil hin.

Michael ging zu seinem Pferd, nahm die Zügel und führte die beiden Pferde an den Zaun, wo Johanna stand.

»Hier ist dein Pferd«, sagte er lächelnd.

»Danke, Michael«, flüsterte Johanna. Sie strich der Stute liebevoll über die Nüstern. »Ich habe dich schon überall gesucht – ich wusste nicht, dass du mit den Treibern unterwegs warst!«

»Teles Morgenstern hat mir sein bestes Pferd geliehen«, meinte Michael und deutete stolz auf den grauen Wallach. »Aber selbst er ist nicht so schnell wie deine schwarze Stute!«

Johannas Vater betrachtete die Rappstute kritisch. Er sah ihre rissigen Hufe, ihr struppiges Winterhaar, das sich in großen Zotteln abzulösen begann, ihre eingefallenen Flanken und die scharf hervortretenden Rippen.

»Das Pferd sieht schlecht aus«, sagte er zögernd. »Meinst du nicht, dass es krank sein könnte?«, wandte er sich an Michael. »Eine Untersuchung durch den Tierarzt wird wohl vor der Auktion kaum noch stattfinden!«

»Machen Sie sich keine Sorgen, diese Stute ist kerngesund«, versicherte ihm Michael. »Sie ist jetzt in schlechtem Futterzustand. Aber in ein paar Wochen wird sie prächtig aussehen!«

»Das will ich hoffen«, meinte Johannas Vater. »Bist du dir wirklich sicher, dass du dieses Pferd haben möchtest?«, fragte er Johanna. »Denk an den schönen Fuchswallach, den wir angesehen haben. Diese Stute hast du noch nicht einmal geritten, und Papiere hat sie auch nicht.«

»Papa, ich möchte dieses Pferd und kein anderes«, sagte Johanna und sah ihren Vater bittend an. »Ich bin mir ganz sicher, dass ich gut mit ihr zurechtkommen werde. Die Papiere bedeuten mir nichts.«

Die Stute scharrte mit dem Vorderhuf. »Sieh doch, wie lieb sie mich anschaut!«, sagte Johanna eindringlich. »Sie wird Vertrauen zu mir haben!«

Ihr Vater betrachtete die Stute unbehaglich.

»Ihre Mutter war eines der besten Pferde, die wir je hatten. Ihr Vater ist ein Wildpferd, wir nennen ihn El Moro, den Dunklen. Nur wenige Menschen haben ihn zu Gesicht bekommen. Er ist schwarz wie seine Tochter und lebt mit seiner kleinen Herde hoch in den Bergen. Niemand konnte ihn je einfangen, denn er ist mutig wie ein Berglöwe und schnell wie der Wind«, sagte Michael. »Glauben Sie mir, Herr Küffner, die Stute ist ein gutes Pferd.«

»Ich möchte sie so gerne haben, sag doch Ja«, bat Johanna ihren Vater noch einmal.

»Na gut«, sagte er. »Wenn dein Herz so an diesem Pferd hängt, es ist schließlich dein Geburtstagsgeschenk.«

»Danke, Papa!«, rief Johanna. Sie umarmte ihren Vater stürmisch.

»Ich gehe mal zu Mama«, sagte ihr Vater und räusperte sich. »Sie wartet am Eingang der Plaza auf mich.« Er nahm Florian bei der Hand.

»Ich bringe die Stute zu den Auktionsständen«, meinte Michael. »Dort muss sie bleiben, bis die Versteigerung beginnt.«

»Papa, ich gehe mit Michael, und dann treffen wir uns alle am Eingang der Plaza!«, rief Johanna.

Michael band die Stute an einer langen Stange fest. »Was hast du eigentlich gesagt, dass sie auf einmal auf dich zukam?«, wollte Johanna wissen.

Der junge Indianer fuhr der Stute durch die dunkle Mähne und zupfte nachdenklich ein paar Kletten ab. »Nelson Heller Stern hat mir alles beigebracht, was ich über Pferde weiß. Wir sprechen immer mit unseren Pferden, mit allen Tieren, auch mit Steinen und Pflanzen. Wir tun nichts, ohne ihnen vorher zu sagen, wer wir sind und was wir mit ihnen vorhaben, und sie um ihr Einverständnis zu bitten. Wenn wir Kräuter sammeln, suchen wir zuerst eine besonders schöne, alte Pflanze, die wir ›Großmutter‹ nennen. Wir bitten sie, einige ihrer Kinder und Enkel pflücken zu dürfen, und erklären ihr, warum das notwendig ist. Wir geben ihr ein kleines Geschenk, etwas Tabak, Maismehl oder ein Bonbon, dann erst nehmen wir uns, was wir brauchen. Es ist uns sehr wichtig zu geben, bevor wir nehmen. Weil wir so denken, haben wir die Natur nie ausgebeutet.« Michael schwieg einen Augenblick. »Mein Großvater hat mir immer wieder gesagt, dass wir Menschen ein Teil der Natur sind und mit ihr und niemals gegen sie leben dürfen. Er hat mich dazu erzogen, nichts zu zerstören, keine Pflanze, kein Tier, überhaupt nichts. Er sagte, jedes Sandkorn habe seinen Platz auf Erden, genau wie Berge und Seen. Will man was verändern, könnte man was besser machen? Der Abendwind erhebe sich auch ohne einen, schließe Blüten und Blumen.« Michael lächelte. »So hat Großvater mit mir gesprochen. Die alten Leute drücken sich anders aus, als wir es heute gewohnt sind.« Michael lehnte sich an die Stange. »Ich habe der Stute erzählt, wie ich heiße, von welchem Clan ich abstamme. Ich habe sie an den alten Nelson erinnert und sie um Erlaubnis gebeten, ihr das Halfter anzulegen.«

»Woher wusstest du denn, dass sie damit einverstanden war?«, fragte Johanna.

»Sie kam auf mich zu, das ist doch ganz einfach«, antwortete Michael.

»Und was hättest du getan, wenn sie nicht gekommen wäre?«, erkundigte sich Johanna.

»Es war nur eine Frage der Zeit«, erwiderte Michael. »Nelson hat der Stute viel beigebracht und sie zu einem Freund erzogen. Wenn ein Lebewesen einmal Freund des Menschen ist, dann bleibt es dabei, außer es wird schlecht behandelt.« Michael berührte die Stirn der Stute und sprach langsam einige indianische Worte.

»Was heißt das?«

»Ich bin dein Freund«, antwortete er. »Nelson sagte das immer, ehe er sich einem Pferd näherte.« Er wiederholte die Worte. »Versuch es nachzusprechen.«

Zögernd sagte Johanna die Silben.

»Versuch es noch einmal«, ermutigte Michael sie und sagte ihr den Satz leise vor.

Johanna atmete tief ein und sprach die fremdartigen Worte aus. »Klingt gut«, sagte Michael. »Wenn wir es noch ein paarmal üben, kannst du es bald auswendig.«

»Es hört sich an wie ein Zauberspruch«, sagte Johanna. »Die Stute scheint es zu verstehen, auch wenn ich es nicht richtig betone.«

Michael nickte. »Lass uns deine Eltern suchen«, schlug er vor. »Die Auktion beginnt in einer halben Stunde.«

Als sie sich zum Gehen wandten, nahm Michael Johannas Hand. »Dort kommt Winston Gomez, dem die Stute gehört«, flüsterte er ihr zu. »Der Dicke neben ihm hat einen Reitstall, dort vermietet er Pferde an Touristen. Er behandelt seine Pferde schlecht und überanstrengt sie.«

»Hallo, Michael!«, rief Winston Gomez. »War nett von dir, beim Treiben zu helfen. Jim Stewart interessiert sich für die Schwarze da!«

Johanna spürte einen Stich in der Brust. Der dicke Mann schlug der schwarzen Stute klatschend auf die Kruppe. Sie tat einen erschrockenen Sprung zur Seite, aber das Anbindeseil war kurz. Der Dicke grinste breit. »Sie ist wohl ein bisschen schreckhaft«, meinte er, »aber das werde ich ihr schnell austreiben. Bei richtiger Arbeit vergehen ihr solche Flausen schnell!«

Winston Gomez sah Stewart missbilligend an. Er wechselte ein paar Worte in seiner Sprache mit Michael. Johanna hörte, dass Michael über sie sprach, auch Nelson Heller Sterns Name fiel.

»Ich glaube nicht, dass die Stute das Richtige für Sie ist«, sagte Winston Gomez endlich zu Stewart. »Ich möchte, dass sie in gute Hände kommt!«

»Ihr Indianer seid viel zu sentimental mit euren Pferden«, sagte der Dicke unfreundlich. Er zog eine braune Papiertüte, aus der ein Flaschenhals ragte, aus der Tasche und reichte sie Winston. »Hier, trink noch ein Schlückchen, Bruder, dann denkst du bald anders über den Verkauf!«

Winstons Augen bekamen einen eigentümlichen Glanz. Er griff gierig nach der Flasche und nahm einen großen Schluck. Dann gab er dem Dicken die Flasche zurück und starrte schweigend zu Boden.

Jim Stewart reichte Michael die Flasche. »Los, Junge, trink, damit du bessere Laune bekommst«, rief er und lachte.

Johanna sah, dass Michaels Hand zitterte, als er die Flasche entgegennahm.

»Michael, tu's nicht«, flüsterte sie kaum hörbar.

Michael hielt die Flasche einen Augenblick in der Hand. Seine Wangenmuskeln spannten sich, er biss die Zähne zusammen. Dann drehte er die Flasche langsam um und goss den Whisky auf die staubige Erde. Entschlossen warf er Stewart die leere Flasche vor die Füße. Er wandte sich um, nahm Johanna beim Arm und sagte: »Lass uns gehen!«

»Indianerpack!«, hörten sie den dicken Stewart hinter ihnen laut rufen.

»Schau dich nicht um«, flüsterte Michael. Er zog Johanna durch die Menschenmenge zum Ausgang der Plaza.

»Wir beginnen mit der alljährlichen Versteigerung der Pferde des Pueblos«, tönte eine Männerstimme aus dem Lautsprecher. »Zuerst versteigern wir drei Pferde der Familie Reina!«

Johanna saß zwischen ihrem Vater und Michael und blickte gespannt in die Arena. Ein etwa dreijähriger Schecke wurde hereingeführt. Unter lauten Rufen ließen zwei junge Männer ihn vor den Zuschauern traben und galoppieren. Verschiedene Angebote kamen, und bald war der Schecke verkauft.

»Wann kommt dein Pferd dran?«, fragte Florian ungeduldig.

»Es dauert nicht mehr lange«, sagte Michael.

Weitere Pferde wurden vorgeführt und versteigert. Dann wurde eine magere, braune Stute in die Arena gebracht. Sie lahmte mit einem Hinterbein und blieb nach ein paar Schritten mit hängendem Kopf in der Mitte der Bahn stehen.

»Wer bietet fünfzig Dollar für dieses hübsche Pferd?«, bot der Auktionator das Tier an. »Die kleine Verletzung wird bald verheilt sein. Hier ist die Gelegenheit, ein gutes Pferd billigst zu bekommen! Wer bietet fünfzig Dollar?«

Aber niemand hob die Hand. Der Auktionator senkte den Preis auf vierzig Dollar, aber dennoch wollte niemand für die braune Stute bieten. Die Treiber führten sie wieder nach draußen.

»Michael, was geschieht mit Pferden, die nicht verkauft werden?«, fragte Johannas Mutter. »Die Stute tat mir leid, sie sah so krank aus.«

»Manchmal werden sie an den Schlachter verkauft«, antwortete Michael. »Aber manchmal behalten die Besitzer sie auch und versuchen es im nächsten Jahr noch einmal.«

Er wollte noch etwas sagen, aber Johanna unterbrach ihn aufgeregt und zeigte in die Arena. Ein Junge führte die schwarze Stute am Halfter. Sie tänzelte unruhig und hielt den Kopf hoch erhoben.

»Diese siebenjährige Stute aus dem Besitz der Familie Gomez ist ein guter Kauf«, schallte es aus dem Lautsprecher. »Hundert Dollar, wer bietet hundert Dollar?«

Johannas Vater hob die Hand. »Hundert Dollar«, schnarrte die Stimme des Auktionssprechers. »Wer bietet hundertundzwanzig? Niemand? Zum ersten ...«

Da meldete sich jemand auf der Gegenseite der Tribüne. »Einhundertzwanzig. Wer bietet einhundertvierzig?«

Johannas Vater gab das Zeichen. Und wieder hob jemand auf der anderen Seite die Hand, um ihn zu überbieten. Johanna biss sich verzweifelt auf die Unterlippe. »Michael, sieh nur, es ist der dicke Mann!«, flüsterte sie, als der andere ihren Vater zum dritten Mal überbot.

»Keine Angst, Johanna«, sagte Michael, »er wird die Stute nicht kriegen.«

»Hundertachtzig Dollar! Wer bietet zweihundert? Zweihundert Dollar ist nicht zu viel für dieses Pferd!«

Jim Stewart stand auf. »Zweihundert Dollar!«, schrie er und schüttelte drohend die Faust. Johanna sah, wie er die Flasche aus der Tasche zog und sie an die Lippen setzte. Plötzlich begann er zu schwanken, verlor das Gleichgewicht und fiel schwer in seinen Stuhl.

»Zweihundertzwanzig Dollar für den Herrn«, rief der Sprecher und deutete auf Johannas Vater. »Wer bietet mehr? Keine Gegenangebote? Zum ersten, zum zweiten und zum dritten! Verkauft!«

Johanna atmete erleichtert auf, sie klatschte vor Freude in die Hände. »Ich hatte solche Angst, dass der Mann sie kriegen würde! Vielen Dank, Papa, das ist das schönste Geburtstagsgeschenk, das ich je bekommen habe.«

Ihr Vater lächelte. »Das freut mich.«

Florian zupfte Johanna am Ärmel. »Können wir gehen und das Pferd abholen?«, fragte er. Seine Augen glänzten.

»Na klar, Florian«, erwiderte Johanna. Sie nahm ihn an der Hand.

Bald stand die ganze Familie bei der schwarzen Stute. Michael hob Florian vorsichtig auf ihren Rücken. Die Stute nahm es gelassen hin, friedlich zermalmte sie das Brot, das Johanna ihr mitgebracht hatte.

Ein alter Indianer, der am Stock ging, kam langsam über die Plaza und ging zielstrebig auf die schwarze Stute zu. Sein langes, grauschwarzes Haar war mit roten Bändern zu zwei dünnen Zöpfen geflochten, er trug alte Cordhosen und ein buntes, langärmeliges Hemd. Seine Gestalt wirkte gedrungen, sein Gesicht war von Runzeln und Falten zerfurcht. Die Augen des Alten leuchteten, als er die Stute sah. Ohne Johanna und ihre Familie zu beachten, strich er ihr über den Rücken und murmelte sanft indianische Worte. Die Stute schnaubte leise, sie rieb den Kopf an der Schulter des alten Mannes.

Unvermittelt sah der alte Mann Johanna fest an und sagte in holprigem Englisch: »Gutes Pferd! Biba. Froh sein, gutes Pferd.« Dann wandte er sich an Michael und redete eindringlich auf ihn ein. Die Hände des Alten waren abgearbeitet und schwer, als er nun sprach, unterstrichen sie ausdrucksvoll und lebhaft seine Worte.

Langsam begann Michael zu übersetzen. »Ich bin Leland Heller Stern, mein Bruder Nelson hat die Stute einmal zugeritten. Sie war sein Lieblingspferd.« Seine Worte wurden von einem Hustenanfall unterbrochen. »Wir geben unseren Pferden Namen. Mein Bruder hat die Stute Biba genannt. Sie hat ihm das Leben gerettet. Er ritt einmal auf ihr in einer kalten Winternacht nach Hause. Er hatte getrunken, und dort, wo die Straße in das Pueblo abbiegt, verlor er das Gleichgewicht und stürzte aus dem Sattel. Mein Bruder war ein guter Reiter, der beste, den es im Pueblo gab, aber er hatte zu viel getrunken ...«

Der alte Mann machte eine entschuldigende Handbewegung und deutete auf die Stute. »Sie hätte davonlaufen können, denn sie war noch nicht lange geritten, damals. Sie hätte wieder frei sein können. Mein Bruder lag ohnmächtig in einer Schneewehe. Aber sie blieb bei ihm. Sie wartete. Sie blies warmen Atem in sein Gesicht, bis er erwachte. Sie trug ihn dann zurück ins Pueblo. Aber sie ging nicht wie gewöhnlich zum Stall – sie brachte ihn vor das Haus. Mein Bruder konnte sie nicht lenken, er war im Sattel eingeschlafen. Sie hat ihm das Leben gerettet, weil sie auf ihn gewartet hat. Darum nannte er sie Biba. Es ist nur ein Wort in unserer Sprache.« Der alte Mann lächelte. »Man braucht mehrere Worte in Englisch, um das Gleiche zu sagen. Biba heißt: Sie, die auf dich wartet.«

Michael nahm Johannas Hand. »Leland bittet dich, den Namen, den sein Bruder der Stute gegeben hat, beizubehalten, im Angedenken an ihn, Nelson Heller Stern.«

Johanna sah den alten Mann an. »Das werde ich, versprochen«, sagte sie. Dann wandte sie sich an Michael. »Bitte sag ihm, dass ich ihm für die Geschichte danke und dass ich Biba sehr schön finde.«

Bevor Michael übersetzen konnte, erklärte der alte Mann: »Ich verstehe.« Seine dunklen Augen hatten einen warmen Schimmer, als er Johanna die Hand zum Abschied gab. Er strich Florian sanft über den Kopf, gab Johannas Mutter ebenfalls die Hand und sagte zu ihrem Vater: »Biba gutes Pferd für Ihre Tochter. Sie sollen stolz sein.« Dann wandte er sich um und ging gebeugt über die Plaza davon. Klar hoben sich die Umrisse der rötlichen Adobehäuser von den Bergen und dem blauen Frühlingshimmel ab.

Bibas Ankunft

Max Johnson wartete schon mit seinem kleinen Transporter vor dem Pueblo, als Johanna die Stute Biba über die schmale Brücke führte. Jill Johnson stieg aus dem Auto und begrüßte Michael herzlich.

»So, das ist also dein Pferd aus dem Pueblo«, meinte Herr Johnson und betrachtete Biba eingehend. Er klopfte ihr auf den Hals und sagte: »Warten wir ein paar Wochen, bis sie ihr Winterhaar verloren hat und nicht mehr so mager ist. Dann könnte sie ein hübsches Pferd sein.«

Johannas Vater blieb in einiger Entfernung stehen, seine Frau hakte sich bei ihm unter. Er schüttelte den Kopf. »Es mag ja sein, dass sie einem alten Indianer das Leben gerettet hat, aber ich wünschte trotzdem, dass Johanna sich ein schöneres Pferd ausgesucht hätte.«

»Sie scheint das Pferd sehr zu mögen, das ist die Hauptsache«, meinte seine Frau. »Schau nur, wie glücklich sie aussieht!«

Vertrauensvoll hatte Johanna einen Arm über den Rücken der Stute gelegt, sie blickte zu den Bergen hinüber, auf denen der letzte Schnee in der Abendsonne glitzerte. Michael und Max Johnson ließen die Laderampe zu Boden. Johanna zupfte am Führseil, und Biba trat bis an die Rampe. Dort blieb sie stehen und schnaubte misstrauisch. Johnson holte einen Eimer Hafer. Biba leckte gierig jedes Körnchen von Johannas Hand und folgte ihr dann ohne Zögern in den Anhänger.

»Wenigstens ist sie kein schwieriges Pferd«, stellte Johannas Mutter zufrieden fest. Sie hatte ebenso rotes Haar wie ihre Tochter. Um ihre blauen Augen bildeten sich Fältchen, wenn sie lachte.

»Johanna legt nicht so viel Wert auf Äußeres wie du«, sagte Mara Küffner zu ihrem Mann. »Versuch doch, sie so sein zu lassen, wie sie ist. Du kannst sie nicht formen, wie du sie gern haben möchtest. Sie wird fünfzehn und ist kein Kind mehr. Ich finde, wir sollten ein paar Wochen warten und sehen, wie sich die Stute entwickelt. Wer weiß, vielleicht ist sie wirklich das richtige Pferd für Johanna.«

Michael und Johanna fuhren mit den Johnsons zu ihrem kleinen Hof.

Ihre drei Pferde wieherten, als Biba aus dem Hänger trat. Sie kamen an den Zaun gelaufen.

»Am besten lassen wir sie heute Nacht in der Box, damit sie sich eingewöhnen kann«, schlug Max Johnson vor. »Morgen früh kann sie dann zu den anderen auf die Weide!«

Johanna führte Biba in den Stall. Sie hatte duftendes Stroh eingestreut und die Krippe vorsorglich mit Heu gefüllt.

Michael holte einen Eimer frisches Wasser, und Johanna mischte in der Futterkammer eine Portion Kraftfutter aus geschrotetem Mais, Hafer und Gerste.

Aber Biba wollte nicht fressen. Sie stand an der Tür und wieherte sehnsüchtig nach draußen. »Sie ist nicht mehr an den Stall gewöhnt«, stellte Michael fest. »Den ganzen Winter über konnte sie frei herumlaufen. Es gefällt ihr nicht, eingesperrt zu sein.«

Johanna hielt der Stute eine Handvoll Kraftfutter hin. »Komm, Biba«, rief sie aufmunternd, »friss ein bisschen. Morgen früh darfst du ja zu den anderen auf die Weide!«

Biba legte aufmerksam ein Ohr nach hinten. Dann wandte sie langsam den Kopf und sah Johanna an. Vorsichtig näherte sich ihr Maul Johannas ausgestreckter Hand. Die Stute schnaubte und begann, zögernd zu fressen.

»So ist es gut«, lobte Johanna und strich ihr zärtlich durch die Mähne. »Ich habe mir schon so lange ein eigenes Pferd gewünscht, ich kann kaum glauben, dass du nun wirklich hierbleibst. Obwohl ich dich erst so kurz kenne, habe ich dich schon richtig lieb! Wir werden bestimmt Freunde!«

Als sie etwas später die Box verließen, war es dämmerig geworden, die Berge erglühten im letzten Licht des Sonnenuntergangs in leuchtenden Rosa- und Orangetönen. Der Abendwind war kühl, von weither klang das Heulen eines Kojoten. Michael nahm Johanna sanft in die Arme. Aus dem Stall hörte man Bibas ruhiges Kauen. Über der Mesa erschien der Abendstern.

»Gute Nacht, Biba, bis morgen früh!«, flüsterte Johanna in das Dunkel der Box, als sie sich einige Zeit später auf den Heimweg machte.

Johanna schreckte früh morgens aus tiefem Schlaf auf. Vor ihrem Fenster in einem großen, alten Baum saß eine Schar von Elstern, die Vögel krächzten laut. Johanna stand leise auf. Es dämmerte, schon konnte sie die Umrisse der Berge erkennen. Der Himmel färbte sich rosa, die Vögel begannen zu singen. »Ihr Rabauken!«, rief sie den Elstern zu. »Danke, dass ihr mich geweckt habt! Ich will noch vor der Schule zu Biba!«

Schnell war sie angezogen und machte sich mit ihrem Fahrrad auf den Weg. Sie fuhr an dem verwilderten Garten einer mexikanischen Familie vorbei. Autowracks und alte Reifen, verrostete Kühlschränke und ausrangierte Fernseher türmten sich im Vorgarten. Zerrissene Müllsäcke und ein Haufen zerbeulter Colabüchsen lagen halb auf der Straße.

Michael hatte ihr einmal erklärt, warum die Gärten mexikanischer Familien oft wie Müllhalden aussehen. »Diese Leute denken anders als du. Je mehr Autowracks und ausrangierte Kühlschränke jemand im Garten hat, desto wohlhabender ist er. Es ist, als sagte er: Seht her, wir können es uns leisten, sieben Autos, vier Kühlschränke und drei Fernseher wegzuwerfen. Außerdem, wenn etwas kaputtgeht, muss man nicht zum Schrottplatz fahren, sondern hat meist sofort alle Ersatzteile zur Hand, die man braucht. Schön ist es allerdings nicht.«

Johanna dachte an die gepflegten, blühenden Gärten in Bayern und bekam ein bisschen Heimweh. Manchmal hatte sie das Gefühl, hier fremd zu sein und die Lebensweise der mexikanisch-indianischen Familien nicht zu verstehen.

Sie stellte ihr Fahrrad im Hof der Johnsons ab. »Biba!«, rief sie leise, als sie sich dem Stall näherte. Sofort tauchte der schwarze Kopf der Stute über der Tür auf. Biba wieherte hell.

»Pst!« Johanna legte den Zeigefinger an die Lippen. »Die Johnsons schlafen noch, weck sie nicht so früh!«

Sie zog einen Apfel aus der Tasche und hielt ihn Biba hin. Vorsichtig schnupperte die Stute daran, dann erkannte sie, was es war, und biss den Apfel mittendurch, um ihn prustend zu verzehren. Johanna schaute in den Stall. Das Stroh war zerwühlt, und Biba hatte kein Wasser mehr.

»Du bist unruhig gewesen, nicht wahr?«, meinte sie und streichelte die Stute liebevoll. »Es ist eine große Umstellung für dich, ich weiß. Aber bald wirst du dich hier wohlfühlen!« Sie füllte den Wassereimer auf und holte das Putzzeug und einen Anbindestrick aus der Futterkammer.

Biba folgte Johanna willig nach draußen. Johanna band die Stute an und begann, sie in den ersten Strahlen der aufgehenden Morgensonne sorgsam zu putzen. Staub und Winterhaare flogen in alle Richtungen, und Johanna lachte. »Biba, bald bin ich so staubig wie du!«

Sie zupfte dicke Flocken verfilzten Haars aus Bibas Winterpelz, und es dauerte lange, bis ihr Fell ein wenig

Glanz bekam. Biba stand mit gesenktem Kopf in der Sonne, offensichtlich genoss sie das Striegeln. Nur als Johanna ihren verfilzten Schweif zu bürsten begann, zuckte sie zusammen. Aber schnell schien sie sich auch daran zu gewöhnen.

»Nun kommen deine Hufe an die Reihe«, sagte Johanna. »Die sehen gar nicht gut aus!« Besorgt betrachtete sie die ausgebrochenen Ränder. Vorsichtig strich sie an Bibas Vorderbein entlang und fasste sie am Fesselgelenk. »Gib Fuß«, sagte sie bestimmt. Aber Biba rührte sich nicht. Johanna wiederholte ihre Worte.

Zögernd hob Biba den Fuß ein wenig. Sie schwankte unsicher und setzte ihn mit einem Ruck wieder zu Boden. »Das war nur knapp an meinen Zehen vorbei, Biba! Komm, wir versuchen es noch einmal.«

Der nächste Versuch klappte schon besser, auch wenn Biba das Kommando »Gib Fuß« nicht vertraut zu sein schien. »Vielleicht verstehst du mich nicht«, meinte Johanna nachdenklich. »Biba, du wirst wohl Deutsch lernen müssen. Und ich werde Michael fragen, wie man das in deiner Sprache sagt!« Sie lächelte und klopfte Biba auf den Hals.

Es dauerte eine ganze Weile, bis schließlich alle vier Hufe gereinigt waren. Johanna zog ein Fläschchen mit Lorbeeröl aus dem Putzeimer und strich die Hufränder mit der dunklen Flüssigkeit ein.

»Guten Morgen, Johanna«, hörte sie auf einmal die freundliche Stimme von Jill Johnson hinter sich. »Du bist heute früh aufgestanden!«

»Ja, ich wollte unbedingt noch vor der Schule zu Biba gehen«, erwiderte Johanna.

»Sie sieht schon viel besser aus, nachdem du sie geputzt hast!«, sagte Jill Johnson anerkennend. »Möchtest du sie nun zu den anderen Pferden auf die Weide lassen?«

»Gern! Ich glaube, sie braucht Bewegung. Sie ist es nicht gewöhnt, allein im Stall zu stehen.«

Johanna führte Biba den Feldweg zur Koppel hinunter, und Jill Johnson öffnete das Gatter. Schon kamen ihre drei Pferde herbeigelaufen. Biba wieherte laut, und Johanna nahm ihr das Halfter ab.

Neugierig schnaubend begrüßten sich die Pferde. Die Scheckstute keilte spielerisch aus, und Biba stieg hoch auf die Hinterbeine. Dann begannen sie zu laufen und waren bald hinter einer Baumgruppe verschwunden.

»Sie werden sich bestimmt vertragen«, sagte Frau Johnson. »Hier haben sie genug Platz, um sich aus dem Weg zu gehen, falls sie sich nicht auf Anhieb verstehen. Max schaut tagsüber immer einmal nach, ob alles in Ordnung ist.«

»Vielen Dank«, sagte Johanna. Sie warf einen Blick auf ihre Armbanduhr. »Ich muss schnell nach Hause, sonst verpasse ich das Frühstück!«

Als sie die Haustür öffnete, roch es nach Toast und Kaffee. Johannas Mutter stand in der Morgensonne am Herd. »Nun, wie geht es Biba?«, fragte sie, als ihre Tochter in die Küche kam.

»Ich glaube, sie gewöhnt sich gut ein. Jetzt ist sie auf der Weide, nachdem ich sie mindestens eine Dreiviertelstunde ausgiebig geputzt habe.«

»So siehst du auch aus!«, rief Florian. Er zupfte einen Strohhalm aus Johannas Pullover.

»Ich ziehe mich besser um – so kann ich wohl nicht in die Schule gehen!«, lachte Johanna.

Michael ist verschwunden

In der Pause ging Johanna wie gewöhnlich zu der Stelle, an der sie sich jeden Tag mit Michael traf. Aber heute war er nicht da. Sie wartete eine Weile und ging suchend über den Hof der Kunstschule. Doch Michael war nicht zu sehen. In einer Ecke sah sie Jimmy, einen Jungen aus Michaels Klasse. Zögernd trat sie auf ihn zu und fragte ihn, ob er Michael gesehen habe.

»Nein, er war nicht im Unterricht. Er wird wohl wieder mal irgendwo hängen geblieben sein!«, erwiderte Jimmy.

»Wie meinst du das?«, fragte Johanna unruhig.

»Na, er trinkt eben, das weiß doch jeder!«, sagte Jimmy und grinste. »Indianer sind doch alle Säufer. Hast du das noch nicht gemerkt?«

»Michael trinkt nicht mehr«, sagte Johanna scharf. »Du hast Vorurteile und bist neidisch, weil du nicht so gut malen kannst!« Sie drehte sich um und ging in das Schulgebäude. In ihren Augen standen Tränen. Wenn Jimmy nun recht hatte?

»Johanna!«

Sie wandte sich um und sah Billie Ruth, ein Mädchen aus dem Pueblo, das sie flüchtig kannte. Johanna wischte sich schnell über die Augen. »Hallo, Billie!«, sagte sie und versuchte zu lächeln.

»Du machst dir Sorgen um Michael, stimmt's?«, fragte Billie Ruth ohne Umschweife.

»Wieso?« Johanna errötete.

»Ich habe ihn gestern Abend gesehen. Er war mit Daniel Garcia unterwegs.«

»Daniel Garcia?«, wiederholte Johanna. »Ich kenne ihn nicht!«

»Ist auch besser so. Daniel ist ein Mistkerl. Er ist einer der schlimmsten Säufer der Gegend, war mit Michaels Bruder befreundet. Als ich sie sah, waren sie beide betrunken. Und auf dem Weg in die Stadt.«

»Ich verstehe das nicht«, sagte Johanna leise. »Wieso tut er das? Alles ist bis jetzt gut gegangen. Und er hat mir versprochen, nicht mehr zu trinken. Billie, weißt du, wo ich ihn finden kann?«

»Es geht mich ja nichts an, Johanna, aber ich würde mich an deiner Stelle da nicht einmischen. Weiße tun das gern, aber wir Indianer haben andere Sitten. Was jemand tut, ist seine Angelegenheit. Aus Respekt und Achtung dem anderen gegenüber halten wir uns zurück und lassen jeden so leben, wie er leben will.«

»Aber der Alkohol kann sein Leben zerstören!«, rief Johanna verzweifelt. »Ich weiß, dass er nicht so leben will! Er braucht Hilfe!«

»Johanna«, sagte Billie Ruth sanft, »das muss jeder für sich selbst entscheiden. Du kannst Michael nicht ändern und ihm auch nicht helfen. Vielleicht ist er schon morgen wieder in der Schule. Es ist schließlich nicht seine erste Sauftour. Mach dir keine Sorgen um ihn«, sagte Billie beruhigend und legte Johanna schnell die Hand auf die Schulter.

Die Pausenglocke läutete. »Bis bald«, sagte Billie und ging in ihre Klasse.

Johanna konnte sich den Rest des Tages kaum auf den Unterricht konzentrieren. Ihre Gedanken kreisten unablässig um Michael. Wo mochte er sein?

Als sie nach Hause kam, spürte ihre Mutter gleich, dass etwas nicht stimmte. »Was bedrückt dich?«, fragte sie und sah Johanna forschend an. »Bist du nicht glücklich, dass du nun endlich ein Pferd hast?«

»Doch, Mama, es ist nichts weiter. Ich habe nur Kopfschmerzen!«, sagte Johanna ausweichend. Sie zwang sich, fröhlicher auszusehen. »Ich gehe nachher zu Biba, vielleicht geht es mir an der frischen Luft besser.«

Ihre Eltern sollten auf keinen Fall wissen, was sie bedrückte. Als sie auf die Weide kam, graste die schwarze Stute friedlich unter einem Apfelbaum. Sie hielt Abstand zu den anderen Pferden, hob aber aufmerksam den Kopf, als Johanna ihren Namen rief. Vorsichtig näherte sich das Mädchen der schwarzen Stute. Dann blieb sie stehen und redete leise mit ihr, so wie Michael es getan hatte. Biba stand reglos da, sie bewegte unruhig die Ohren. Langsam sprach Johanna die Worte aus, die Michael sie gelehrt hatte. Sie wiederholte sie mehrmals, und die Stute schien die Laute zu erkennen. Sie schnaubte und kam mit vorsichtigen Schritten auf Johanna zu.

»So ist es gut!«, lobte Johanna und begann Biba zu streicheln. Dann streifte sie ihr das Halfter über und führte sie in den Hof. Die Beschäftigung mit der Stute tat ihr gut. »Ach, Biba«, sagte sie leise, »ich wollte, Michael wäre auch hier.«

Biba kam einen Schritt näher und rieb den Kopf an Johannas Schulter. Die sensible Stute spürte, dass sie bedrückt war.

Johanna streichelte Bibas feinen Kopf. »Wenigstens habe ich dich«, murmelte sie. »Wir haben schon richtig Freundschaft miteinander geschlossen, stimmt's?«

Johanna mischte eine Portion Kraftfutter und lehnte sich an Biba, als die fraß. Es war ein schöner Nachmittag, der Frühlingswind blies warm, und die Sonne schien. Johanna schloss für einen Moment die Augen. Bibas Nähe und der gleichmäßige Rhythmus ihres Atems waren sehr beruhigend. Sie verbrachte den ganzen Nachmittag mit der Stute. Sie betrachtete Biba genau, tastete ihre Gelenke ab und versuchte sich jeden Muskel und jede Sehne einzuprägen.

»Wir müssen uns schließlich kennenlernen«, sagte sie leise und strich liebevoll über Bibas kräftige Schulter. Erst als es dämmerte, führte sie Biba wieder auf die Weide und machte sich auf den Weg nach Hause.

Beim Abendessen versuchte Johanna unbeschwert zu wirken. Sie erzählte von Biba. Sie wollte vermeiden, dass die Rede auf Michael kam.

Aber ziemlich schnell legte ihr Vater die Gabel beiseite und fragte: »Hast du etwas von Michael gehört, Johanna? Er war heute nicht in der Schule. Doch gestern sah er noch recht munter aus.«

Johanna blickte verlegen auf ihren Teller. »Nein, Papa, ich weiß nicht, wo er ist«, sagte sie leise. Für einen Augenblick herrschte Schweigen.

»Es wird sicher nichts Schlimmes sein«, meinte Mara Küffner. »Es kann ja mal vorkommen, dass jemand einen Tag fehlt.«

Johanna war ihrer Mutter dankbar für diese Bemerkung. Sie zog sich nach dem Essen in ihr Zimmer zurück. Lange konnte sie nicht einschlafen, die Sorge um Michael hielt sie wach. Erst gegen ein Uhr fiel sie in einen unruhigen Schlaf.

Als sie am nächsten Morgen das Weidetor öffnete, kam Biba ihr entgegengelaufen. »Heute bist du ja schon viel zutraulicher!«, begrüßte Johanna die Stute. Sie gab ihr ein Stück trockenes Brot.

Beim Putzen war Biba ruhig. Sie drehte sich nur ein paarmal nach Johanna um und stupste sie mit ihrem weichen Maul spielerisch an.

»Du freust dich, dass sich jemand um dich kümmert, oder?« Johanna lächelte und kraulte Bibas Stirn. Nachdem sie die Hufe gereinigt und eingefettet hatte, stellte sie zufrieden fest: »Das ging schon viel besser als gestern! Bald wirst du so sicher stehen, dass der Schmied kommen kann.«

Während Biba ihr Kraftfutter fraß, glättete Johanna ihre lange Mähne und flocht ein paar kleine Zöpfe hinein. »Bis später, meine Kleine«, verabschiedete sich Johanna, als sie die Stute wieder auf die Koppel geführt hatte. »Hoffentlich ist Michael heute in der Schule! Dann kommen wir dich am Nachmittag zusammen besuchen.«

Johanna konnte das Läuten der Pausenglocke kaum erwarten. Aber Michael stand nicht an der gewohnten Stelle. Johanna war verzweifelt. Sie sah Billie Ruth mit einer Freundin über den Hof gehen.

»Billie, kann ich einen Augenblick mit dir sprechen?«, fragte sie. »Michael ist heute wieder nicht in der Schule, stimmt's?«

Billie Ruth schüttelte den Kopf. »Nein, Johanna, aber er wird schon zurückkommen.«

»Weißt du denn nicht, wo er sein könnte?«

»Wahrscheinlich ist er in Charlie's Bar in der Stadt. Aber daran kannst du nichts ändern, Johanna.«

»Meinst du nicht, ich könnte hingehen und versuchen, ihn nach Hause zu holen?«, fragte Johanna.

»Ich würde es nicht probieren«, sagte Billie. »Aber vielleicht kannst du solche Dinge tun. Hier warten die Frauen, bis ihre Männer nach Hause kommen.« Sie sah Johanna an. »Meine Mutter würde es nie wagen, meinen Vater in einer Bar zu suchen. Irgendwann kommen die Männer schon wieder. Man kann nur warten.«

»Das ist ja furchtbar«, sagte Johanna.

Billie Ruth nahm ihre Hand. »Ich weiß, wie dir zumute ist. Das Leben hier ist sicher sehr anders als in Deutschland. Hab Geduld, es wird alles gut werden.«

Nach dem Mittagessen ging Johanna wieder zu Biba. »Er ist noch nicht zurückgekommen«, sagte sie niedergeschlagen und streichelte rastlos Bibas Rücken. Dann holte sie das Halfter und den Führstrick. »Komm, Biba, wir machen einen Spaziergang. Reiten will ich dich nicht, ehe dich der Schmied beschlagen hat. Ich habe Angst, dass die rissigen Ränder deiner Hufe ausbrechen könnten.«

Johanna sprach viel mit dem Pferd. Aufmerksam ging Biba neben ihr her. Sie hielt sich mit dem Kopf in Johannas Schulterhöhe und blickte interessiert um sich. Johanna schlug einen Weg ein, der in die Mesa führte. Als sie die Weite der Hochebene spürte, spitzte Biba die Ohren, sie schnaubte freudig erregt. »Dort würdest du gern laufen, anstatt neben mir im Schritt zu gehen«, sagte Johanna und klopfte Biba den Hals. »Es wird nicht mehr lange dauern, bis wir hier wie der Wind galoppieren können.«

Der rote Lehmboden war teilweise noch gefroren, aber überall zeigten sich bereits die ersten grünen Blattspitzen an den Sträuchern. Plötzlich blieb Biba stehen. Mit geblähten Nüstern und hocherhobenem Kopf starrte sie zu den Bergen hinüber. Erregt sog sie die kalte Frühlingsluft ein, dann wieherte sie durchdringend und laut. Sie lauschte angestrengt, und obwohl Johanna keine Antwort zu hören vermochte, stieß Biba wieder ein helles, sehnsüchtiges Wiehern aus.

»Nach wem rufst du denn?«, fragte Johanna.

Biba schnaubte und scharrte mit dem Vorderhuf. Johanna sah die dunkle Stute nachdenklich an. Michael hatte ihr erzählt, dass hoch oben in den Bergen die Herde Wildpferde, in der Biba aufgewachsen war, noch frei umherstreifte. Ob der Hengst El Moro, Bibas legendenumwobener Vater, noch lebte? »Seit zwei Jahren hat ihn niemand mehr zu Gesicht bekommen«, hatte Michael erzählt. »Aber das will nichts heißen, denn er ist scheu und sehr wachsam. Er weiß, wie man den Menschen aus dem Weg geht. Wildpferde können Gefahr aus erstaunlicher Entfernung wittern.«

»Wer weiß, wem du dort oben zuwieherst«, sagte Johanna leise. »Aber wir müssen nach Hause, Biba, es ist schon spät.«

Auf dem Heimweg quälte Johanna der Gedanke an Michael. Ich mache mir solche Sorgen um ihn, es muss doch irgendetwas geben, das ich tun kann, dachte sie bei sich.

Als sie am Stall ankamen, hatte sie sich entschlossen. »Ich halte das Warten nicht länger aus, ich muss ihn suchen! Ich bin nun mal keine Indianerfrau, die geduldig zu Hause sitzt und wartet. Ich will wissen, wo er ist, verstehst du das?« Unruhig glättete sie Bibas struppiges Fell. Leise sprach sie zu ihr: »Mach's gut, Biba, bis morgen früh!« Dann schwang sie sich auf ihr Fahrrad und machte sich auf den Weg in die Stadt.

Charlie's Bar stand in Leuchtbuchstaben über der Tür eines baufälligen Hauses mit dunkel verglasten Fenstern. Johanna stellte ihr Fahrrad ab und stand unsicher vor der Tür. Ihr Herz klopfte wild. Vielleicht war es doch keine gute Idee gewesen, hierherzukommen? Die Bar sah wenig vertrauenerweckend aus. Johanna gab sich einen Ruck und ging auf die Tür zu.

Stickige Luft und Tabakqualm schlugen ihr entgegen, als sie die Bar betrat. Im Dämmerlicht konnte sie mehrere Tische erkennen, an denen dicht gedrängt Gestalten saßen. Stimmengewirr erfüllte den Raum, aus einem Lautsprecher plärrte ein Schlager.

»He, Kleine, komm her!«, grölte ein Betrunkener und fasste Johanna grob am Arm.

Mit einer schnellen Bewegung entwand sie sich seinem Griff und ging weiter. Plötzlich wurde ihr bewusst, dass sie nicht nur die einzige Frau in der Bar war, sondern auch die einzige Weiße. Sie spürte kalten Schweiß auf der Stirn. Glasige, rot geränderte Augen aus aufgedunsenen Gesichtern starrten sie zudringlich an, jemand rief ihr auf Spanisch etwas zu. Auf einmal wurde es still, die Gespräche an den Tischen verstummten. Alle Blicke richteten sich auf Johanna.

Sie wollte sich gerade zum Gehen wenden, da sah sie Michael an einem Ecktisch sitzen. Ungläubig starrte er sie an. Vor ihm auf dem Tisch standen mehrere Flaschen. Die linke Gesichtshälfte war merkwürdig geschwollen, und sein langes Haar, das er sonst so sorgfältig im Nacken band, hing ihm wirr und strähnig in die Augen.

Schnell ging Johanna auf ihn zu. »Michael«, sagte sie leise, »komm mit nach Hause, bitte.«

Ein junger Indianer mit kurzem Haar und einer Narbe auf der rechten Wange, der neben Michael saß, begann zu lachen. »Seine Freundin läuft ihm nach!«, schrie er. »Los, Michael, geh schön brav mit heim zu Mama!«

Michael starrte mit gesenktem Kopf auf die Tischplatte. Lautes Gelächter erfüllte die Bar. »Das hast du davon, dich mit weißen Mädchen abzugeben!«, rief jemand. »Sie wissen nicht, was sich gehört!«

Johanna schluckte. Die Situation war schrecklich. Und Michael übersah sie völlig. Verzweifelt fasste sie ihn an der Schulter und schüttelte ihn. »Michael«, bat sie flehentlich, »lass mich hier nicht so stehen, bitte komm doch!«

Mit einem plötzlichen Satz sprang Michael auf und stieß Johanna von sich. Er schwankte und starrte sie mit glasigen Augen an. »Verschwinde!«, zischte er. »Sieh zu, dass du nach Hause kommst. Du machst mich vor meinen Freunden lächerlich.«

Entsetzt starrte Johanna ihn an. So hatte sie ihn noch nie gesehen. Dann aber wurde sie wütend. Ihre Augen blitzten. »Schrei mich nicht an! Du machst dich selbst lächerlich, hier in dieser Kneipe zu sitzen und zu trinken! Von mir aus kannst du bleiben, wo der Pfeffer wächst!«

Dann ging alles furchtbar schnell. Michael verpasste Johanna eine Ohrfeige, drehte sich um und ging weg. Erschrocken taumelte sie rückwärts und stieß gegen einen Tisch. Tränen schossen ihr in die Augen.

Jemand fasste sie am Arm. »Los, komm mit!«, sagte ein Mann und führte sie zur Tür.

Johanna hörte splitterndes Glas und das Krachen eines umstürzenden Tisches. Dann schloss sich die Tür hinter ihr. »Bist du verletzt?«, fragte der Mann, der sie hinausgebracht hatte. Der alte Mexikaner sah Johanna mitleidig an.

Sie konnte nicht sprechen und schüttelte nur stumm den Kopf. Wie betäubt nahm sie ihr Fahrrad und schob es die Straße entlang. Sie konnte weder denken noch fühlen. Mechanisch ging sie vorwärts. Die Worte des alten Mexikaners dröhnten ihr in den Ohren: »Wir sind nichts für ein Mädchen wie dich. Komm nie wieder hierher! Diesmal bist du noch mal davongekommen. Lass dir das eine Warnung sein. Betrunkene sind unberechenbar.«

Johanna wusste später kaum, wie sie nach Hause gekommen war. Sie schlich sich in ihr Zimmer und schloss die Tür. Plötzlich brach aller Schmerz und die bittere Enttäuschung aus ihr heraus. Schluchzend warf sie sich aufs Bett und weinte hemmungslos.

Sie hatte geglaubt, Michael zu kennen, sie hatte ihm vertraut. Niemals hätte sie es für möglich gehalten, dass Michael so etwas tun würde, noch dazu vor fremden Menschen. Sie weinte, bis sie einschlief.

Am nächsten Tag ging sie sofort zu Biba. Ihr konnte sie alles erzählen und ihren Tränen freien Lauf lassen. Die Stute stand unbeweglich da und hörte Johanna zu.

Bibas Fell hatte dank der guten Pflege mehr Glanz bekommen. Obwohl ihre Rippen noch immer hervortraten, sah sie schon viel besser aus. Johanna verbrachte viel Zeit damit, sie zu füttern und zu putzen und mit ihr für den Schmied zu üben. Oft saß sie auch an einen Baum gelehnt auf der Koppel und zeichnete die Stute. Sie skizzierte Bibas Gestalt immer wieder und machte Studien des edlen kleinen Kopfes.

Manchmal kam Biba zu ihr her und besah sich neugierig die Kreiden und den Skizzenblock. »Gefällst du dir so?«, fragte Johanna und hielt Biba die Blätter hin.

Die Stute bewegte die feinen Ohren und begann an der Ecke des Zeichenblockes zu knabbern.

»Das ist nichts zum Fressen!«, lachte Johanna und strich ihr über die Nüstern. Biba schnaubte und graste in der Nähe weiter. Aber auch ein so schöner, harmonischer Nachmittag konnte Johanna nicht wirklich fröhlich stimmen.

In der Schule ging sie Jimmy und auch Billie Ruth aus dem Weg. Fragen nach Michael konnte sie nicht ertragen. Obwohl er ihre Gefühle verletzt und sie gedemütigt hatte, machte sich Johanna doch Sorgen um ihn. »Ich glaube, dass er sich furchtbar schämt und ein schlechtes Gewissen hat«, sagte sie zu Biba. »Aber daran kann ich nichts ändern. Ich gehe nie mehr im Leben in so eine Bar.«

»Johanna, was ist nur mit dir los?«, fragte ihre Mutter, als Johanna ihr in der Küche half. »Du siehst so traurig aus – hast du dich etwa mit Michael gestritten? Er hat in den letzten Tagen gar nicht angerufen.«

Johanna schluckte. »Ja«, sagte sie leise, »wir haben uns gestritten. Aber ich will nicht darüber reden.«

Ihre Mutter seufzte. »Du kannst mir vertrauen, Johanna. Es war ja von Anfang an klar, dass eure Freundschaft nicht gut gehen kann. Ihr seid zu verschieden, um auf Dauer miteinander glücklich zu sein. Michael ist ein netter Junge, aber nicht der Richtige für dich.«

»Du verstehst mich eben nicht, Mama«, sagte Johanna abweisend.

»Du bist noch so jung! Du kennst Michael erst ein paar Monate. Als ich in deinem Alter war, glaubte ich auch, die große Liebe gefunden zu haben. Mit zwanzig habe ich darüber gelacht. Du nimmst eure Freundschaft viel zu ernst.«

Johanna warf das Messer auf den Tisch und sprang auf. »Solche Ratschläge kannst du dir sparen!«, schrie sie und knallte die Tür hinter sich zu.

Später kam ihr Vater in ihr Zimmer. »Johanna, Mama hat mir erzählt, was vorhin in der Küche los war. In letzter Zeit bist du reizbar und launisch. Ich möchte nicht, dass in meinem Haus geschrien wird und die Türen geknallt werden, hast du verstanden? Es gibt auch noch andere Menschen auf der Welt als Michael, aber das scheinst du völlig zu vergessen. Ich möchte, dass du dich bei deiner Mutter entschuldigst.«

Zwei weitere Tage verstrichen, ohne dass Johanna von Michael hörte. Die Welt schien eintönig und von Tag zu Tag an Farbe zu verlieren. Michael war nun eine Woche verschwunden, und es erschien Johanna wie eine Ewigkeit. Sie sah elend aus, konnte nicht schlafen und warf sich nachts ruhelos von einer Seite auf die andere. Der große Baum vor ihrem Fenster knarrte im Wind, Johanna konnte seine Umrisse im Mondlicht sehen. Wo war Michael?

Ein neuer Anfang

Wie jeden Morgen fuhr Johanna vor dem Frühstück zu Biba, um sie zu füttern. Die schwarze Stute stand schon am Weidetor und wartete auf sie. Johanna führte Biba an den Stall, um die anderen Pferde nicht futterneidisch zu machen.

»Merkwürdig, Biba«, sagte Johanna, als sie in den Hof kamen, »die Tür zu deiner Box ist offen, obwohl ich sie gestern Abend geschlossen habe.«

Sie wollte gerade den Riegel vorschieben, da sah sie eine zusammengekauerte Gestalt im Stroh.

»Michael!« Mit einem Satz war Johanna bei ihm und kniete neben ihm nieder. Sie nahm ihn in die Arme. Lange Zeit saßen sie so schweigend, dann richtete er sich auf und sah Johanna an. »Bitte verzeih mir«, sagte er leise. Er strich liebevoll mit dem Zeigefinger über ihre Wange. »Es tut mir so leid«, sagte er und blickte zu Boden.

Johanna fuhr ihm durch das wirre Haar. »Ich bin dir eigentlich nicht mehr böse«, sagte sie »Warum hast du nur wieder zu trinken angefangen?«

»Ich weiß es selbst nicht. Ich war so froh, dass mit Biba alles gut gegangen ist. Da kam Daniel vorbei und fragte, ob ich auf ein Bier mit in die Stadt käme. Ich hatte seit zwei Jahren nicht mehr getrunken und war sicher, dass ich das im Griff hatte. Ich glaubte, ich könnte nur ein Bier trinken und dann nach Hause gehen. Aber ich habe mich überschätzt. Ich vertrage keinen Alkohol. Es ist wie eine Krankheit, Johanna. Ich werde in Zukunft keinen Tropfen mehr anrühren, das verspreche ich dir!« Er verstummte.

»Ich schämte mich und traute mich nicht nach Hause oder in die Schule. Um mich nicht so schlecht zu fühlen, trank ich immer weiter. Es ist ein Teufelskreis, Johanna ...« Er verstummte wieder.

»Wieso bist du hierhergekommen?«, fragte Johanna ruhig.

»Ich wollte zu dir, aber ich habe mich nicht getraut. Ich schämte mich zu sehr. Gestern Nacht habe ich lange vor deinem Fenster gestanden und bin dann hierher gegangen.«

»Weiß deine Mutter, wo du bist?«

Michael schüttelte den Kopf. »Nein, sie würde nur sagen, dass ich wie mein Vater bin. Er war Alkoholiker. Als ich fünf war, wurde er in einer Bar erschossen. Er hatte eine Flasche Wein und wollte sie zwei jungen Männern nicht geben, die auch betrunken waren. Der eine hatte eine Pistole ... Ich habe gesehen, wie sie ihn ins Haus brachten, all das Blut und das Weinen meiner Mutter.«

Michael brach ab und sah Johanna an. »Mein Vater und mein Bruder sind beide tot. Ich will nicht so enden, Johanna, ich will anders leben!«

»Michael Gelber Vogel«, sagte Johanna sanft, »erinnerst du dich an die Geschichte vom Pferd im Stein, die du mir erzählt hast, als wir Biba in den Bergen fanden? Damals hast du gesagt, wie wichtig es ist, erkennen zu können, was in einem Menschen steckt, auch wenn es noch nicht sichtbar ist. Du hast mir erklärt, dass man an seine Kräfte glauben und sie sichtbar machen muss. Ich weiß, dass das schwierig ist, aber du kannst es schaffen, Michael. Denk an deine Bilder! Du hast so viel Schönes in dir, du kannst nicht einfach aufgeben!«

Michael stand auf und strich sich die Haare aus dem Gesicht. »Ich muss mein Lederband irgendwo verloren haben«, sagte er und suchte in seinen Hosentaschen.

Johanna lachte und zog ein Bändchen hervor. »Ich

weiß, dass du es manchmal verlierst«, sagte sie und gab es ihm.

»Guten Morgen, Biba«, begrüßte Michael die Stute und klopfte ihr auf den Hals. Er sprach einige Sätze in seiner Sprache mit ihr. »Du hast sie gut gepflegt! Sie sieht zufrieden aus, und ihr Fell glänzt. Wann kommt denn der Schmied?«

»Nächste Woche«, antwortete Johanna.

»Ich werde da sein und dir helfen«, versprach Michael.

In der Pause stand Michael endlich wieder an der verabredeten Stelle und wartete auf Johanna. Seine Cowboystiefel waren geputzt, die Jeans frisch gewaschen und das Hemd gebügelt, aber an den Schatten unter seinen Augen konnte man erkennen, dass die letzten Tage nicht spurlos an ihm vorbeigegangen waren.

»Was hast du dem Direktor erzählt?«, fragte sie.

»Ich hab ihm die Wahrheit gesagt. Ich wollte ihn nicht anlügen. Ich hatte Angst, dass er mich von der Schule weisen würde, aber er war sehr verständnisvoll. Er hat mir nicht einmal eine Strafe gegeben. Ich habe ihm versprochen, für das nächste halbe Jahr einmal in der Woche zu einem Treffen der Anonymen Alkoholiker zu gehen.«

»Was machen die?«, wollte Johanna wissen.

»Es ist eine Selbsthilfegruppe für alkoholkranke Menschen, die lernen wollen, nicht mehr zu trinken. Ein Freund von mir geht schon jahrelang zu dem Treffen und sagt, sie helfen ihm sehr. Ich rufe ihn nachher an und bitte ihn, mich mitzunehmen.«

»Eine gute Idee«, sagte Johanna. Sie sah Michael nachdenklich an. »Ich bin sicher, dass du es schaffen kannst.«

Michael fuhr ihr zärtlich durch die roten Haare. »Nun ist bald Frühling«, sagte er. »Ich will dir helfen, Biba zu trainieren. Sicher leiht mir Teles Morgenstern den Grauen wieder. Dann werden wir zusammen über die Mesa galoppieren und in die Berge reiten.«

»Ja«, sagte Johanna und ihre Augen glänzten. »Biba schaut manchmal ganz sehnsüchtig zur Mesa hin. Ich freue mich auf den Tag, an dem sie endlich ihre Eisen bekommt.«

Johanna hatte Biba angebunden und gründlich geputzt. Michael saß neben ihr auf einem Stapel Bretter und fettete das Zaumzeug ein. Da hupte ein Wagen vor dem Tor. »Das ist James, der Schmied«, sagte Michael und stand auf, um das Gatter zu öffnen.

James Montoya war ein kräftiger Mann aus dem Pueblo. Mit sachkundigem Blick besah er Bibas Hufe.

»Es ist nicht so schlimm«, sagte er zu Johanna. »Wenn wir sie beschlagen, wird sie gut laufen. Ist das nicht die Stute, von der der alte Nelson Heller Stern erzählt hat?«, wandte er sich an Michael.

Michael nickte, und James fuhr fort: »Da hast du Glück gehabt, Johanna. Es ist selten, dass ein so gutes Pferd aus dem Pueblo verkauft wird.«

Johanna klopfte Bibas Hals.

James machte sich an die Arbeit. Er raspelte und feilte die Hufe glatt und passte die Eisen an. Biba stand ruhig; die Zeit, die Johanna mit ihr geübt hatte, war nicht umsonst gewesen. Nur einmal zuckte die Stute zusammen, als der Schmied die Nägel in den rechten Hinterhuf schlug. Aber sie beruhigte sich schnell wieder.

Endlich war James fertig und packte das Schmiedewerkzeug zusammen. »Lass sie heute erst einmal so auf die Weide, damit sie sich an die Eisen gewöhnen kann«, riet er Johanna. »Morgen kannst du sie reiten. Im Juni findet der Fünfundzwanzig-Meilen-Distanzritt in Chimayo statt. Ich wette, daran könntest du mit ihr teilnehmen, wenn du sie bis dahin gut trainierst.«

Johanna sah Biba nachdenklich an. »Ich will sehen, wie belastbar sie ist. Es wäre schön, mitreiten zu können.«

Am nächsten Tag trafen sich Johanna und Michael nachmittags am Stall.

Michael trug ein großes Paket unter dem Arm. »Ich habe dir etwas mitgebracht«, sagte er und lächelte geheimnisvoll.

Vorsichtig öffnete Johanna das Packpapier. »Eine Satteldecke!«, rief sie und hielt den festen, bunten Wollstoff bewundernd ans Licht. Die Decke hatte als Grundfarbe ein warmes Rot, in das in leuchtenden Gelb-, Orange- und Blautönen einfache indianische Muster gewebt waren.

Johanna umarmte Michael und küsste ihn. »Wo hast du sie her?«, fragte sie.

»Sie kommt von Navaho-Freunden aus Arizona«, antwortete Michael. »Die Navahos sind geschickte Weber, und ich wollte, dass du eine besonders schöne Satteldecke für Biba hast. Bei uns ist es Tradition, für die besten Pferde besonders kostbares Zaumzeug zu nehmen und sie mit bunten Decken zu schmücken.«

»Danke, Michael«, sagte Johanna. »Sie passt gut zu Bibas schwarzem Fell. Ich kann mir gar nicht vorstellen, was für ein Gefühl es sein wird, sie endlich zu reiten.«

»Du wirst dich bald an sie gewöhnen. Ich erkläre dir, wie sie ausgebildet wurde. Du wirst gut mit ihr zurechtkommen!«

Biba kam auf Johannas Rufen zum Zaun gelaufen und wieherte leise.

»Heute ist ein wichtiger Tag, Biba! Wir werden zum ersten Mal reiten«, sagte Johanna und strich der Stute über die Nüstern. Dann führte sie Biba in den Hof und band sie an. Skeptisch betrachtete sie den Westernsattel, den Michael über einen Balken gehängt hatte. »In Deutschland bin ich nur mit Dressursätteln und Trense geritten«, sagte sie. »Der Westernsattel sieht so groß aus!«

»Er hat eine große Auflagefläche, um das Gewicht des Reiters gleichmäßiger über den Pferderücken zu verteilen. Man sitzt sehr sicher im Sattel. Du wirst bald selbst merken, wie bequem es ist!

»Ich bin bisher nur einmal im Westernsattel geritten. Es war ungewohnt, aber es hat mir gefallen«, sagte Johanna.

Michael zeigte ihr, wie der Sattel aufgelegt und der Gurt festgezogen wurde. Dann nahm er das Kopfstück. Es bestand aus Zügeln aus Pferdehaar, einem rund geflochtenen Rohledernasenstück und einem schmalen Genickstück. »Das ist ein Bosal«, erklärte er Johanna. »Die Pferdehaarzügel nennen wir Mecate. Als die Spanier hierherkamen, ritten sie ihre Pferde mit eisernen Kandaren und Nasenriemen, den Cavecons. Aus diesen Cavecons haben die Indianer das Bosal entwickelt. Es ist die sanfteste und zugleich wirksamste gebisslose Zäumung, die es gibt.«

»Kann man damit ein durchgehendes Pferd halten?«, fragte Johanna skeptisch.

»Ein gut ausgebildetes Pferd geht nicht durch«, sagte Michael. »Wir trainieren unsere Pferde so, dass wir uns vollkommen auf sie verlassen können. Es wäre lebensgefährlich, Rinderherden zu treiben, ohne ein wirklich sicheres Pferd zu haben. Nelson hat Biba mit einer Arbeitskandare eingeritten, aber nun, da sie fertig ausgebildet ist, braucht sie kein Mundstück mehr. Du könntest sie auch mit einem Stallhalfter reiten, aber ein Bosal ist präziser.«

Michael stand neben Biba, als Johanna ganz behutsam aufstieg. Die Stute spielte unruhig mit den Ohren und wandte den Kopf, um Johannas Bein zu beschnuppern.

Johanna war vorsichtig in den Sattel geglitten und klopfte Biba beruhigend den Hals. »So ist es brav«, sagte sie. »Ich weiß, du bist lange nicht mehr geritten worden!«

»Wenn du nach links reiten willst, leg die Zügel an die rechte Halsseite, dann weicht Biba dem Druck und biegt ab«, erklärte Michael.

Johanna drückte ein wenig mit beiden Schenkeln an die Seiten des Pferdes, und Biba begann gehorsam vorwärtszugehen. Ihre Schritte waren leicht und federnd. Johanna hielt die Zügel in einer Hand, wie Michael es ihr gezeigt hatte. Auf ein leises Zupfen nach oben und eine Gewichtsverlagerung hin hielt Biba an.

Johanna sah zu Michael hinüber, er nickte ihr zu. Dann begann sie zu traben. Biba trabte langsam, und Johanna konnte ohne Schwierigkeiten aussitzen. »Wir traben nie leicht«, hatte Michael gesagt. »Entweder sitzen wir aus und traben langsam, oder wir galoppieren. Beim Distanzreiten, wenn du schnell traben musst, stellst du dich einfach in die Bügel, das entlastet den Rücken des Pferdes über besonders lange Strecken.«

Johanna gab Biba die Hilfen zum Angaloppieren, und sofort fiel die Stute in einen weichen, runden Galopp. Noch immer ritt Johanna mit durchhängenden Zügeln und saß tief im Sattel. Als Biba schneller wurde, stellte sie sich in die Bügel und duckte sich in die Mähne. Die Stute vergrößerte ihr Tempo mit jedem Galoppsprung. Vor ihnen lag ein weites braunes Feld.

Der Wind trieb Johanna Tränen in die Augen. Biba flog langgestreckt und leichtfüßig dahin. Ihre Hufe trommelten über die trockene Erde, eine Fahne roten Staubes wehte hinter ihr her. Johanna fühlte sich eins mit ihrem Pferd. Noch nie war sie so schnell geritten, trotzdem fühlte sie sich völlig sicher. Vorsichtig nahm sie die Zügel auf, und Biba verlangsamte das Tempo. Johanna schlang der Stute die Arme um den Hals und legte das Gesicht auf ihre Mähne. »Du bist das beste Pferd der Welt, Biba!«, sagte sie leise.

Bibas Ohren spielten aufmerksam, sie schnaubte zufrieden. Nach einer Weile wendete Johanna die Stute und ritt zurück zu Michael, der am Tor stand und ihnen entgegensah.

Johanna konnte es kaum erwarten, den Eltern von ihrem ersten Ritt zu erzählen. Als sie die Haustür öffnete, lief Florian auf sie zu und packte sie aufgeregt bei der Hand.

»Johanna!«, rief er. »Komm rein und sieh, was ich geschenkt gekriegt habe!«

Auf dem Teppich saß ein ganz kleiner, schwarzbrauner Hund, der leise winselte. Er hatte einen weißen Fleck auf der Brust. Die Spitze des linken Ohrs war ebenfalls weiß.

»Ist der süß!«, sagte Johanna und streichelte den Kleinen. Sofort versuchte er an ihrem Finger zu saugen.

»Mama und Papa erlauben dir, ihn zu behalten?«, fragte Johanna skeptisch.

»Ich habe so lange gebettelt, bis sie Ja gesagt haben«, sagte Florian und nahm den kleinen Hund zärtlich in die Arme. »Sie sind losgefahren, um Futter und ein Körbchen für ihn zu kaufen«, fügte er eifrig hinzu. »Vor der Schule waren Kinder, die zehn Welpen verschenkt haben. Hätten wir sie nicht genommen, wären sie ins Tierheim gekommen«, erzählte Florian. »Ich wollte sie nur anschauen, aber dann kam dieser hier auf mich zugelaufen und begann meine Zehen zu lecken. Da musste ich ihn einfach mit nach Hause nehmen!«

»Hast du schon einen Namen für ihn?«, wollte Johanna wissen.

Florian nickte begeistert. »Ja«, sagte er. »Er heißt Friedel!«

Ihre Eltern kamen vom Einkaufen zurück. Friedel bekam eine Schüssel Milch, die er sofort gierig austrank. Mara Küffner setzte sich zu dem jungen Hund auf den Boden und streichelte ihn sanft. »Ich wollte ihn ja eigentlich nicht behalten«, sagte sie zu Johanna. »Aber einen so netten kleinen Hund können wir unmöglich ins Tierheim geben!«

Zu Johannas Verblüffung war ihr Vater von Friedel begeistert. »Es ist schön, einen Hund zu haben«, sagte er. »Abends, wenn ich heimkomme, werde ich mit ihm spazieren gehen!« Dann wandte er sich an Florian.

»Ich möchte, dass du dich wirklich um Friedel kümmerst, Junge«, sagte er ernst. »Ein Hund ist kein Spielzeug, das man in die Ecke stellen kann, wenn es einem langweilig wird. Er braucht Pflege, man muss ihn füttern und bürsten und mit ihm spazieren gehen. Wir werden dir alle dabei helfen, aber es ist in erster Linie dein Hund, Florian. Du musst mir versprechen, ihn gut zu pflegen. Du hast die Verantwortung für ihn!«

»Darauf kannst du dich verlassen«, erklärte Florian. Er goss Friedel noch einmal Milch ein.

Johanna begann, von Biba zu erzählen, und es wurde ein schöner, gemütlicher Abend. Es ist schön, zu Hause zu sein, dachte Johanna. Friedel lag zusammengerollt in seinem Korb und schlief. Seine kleinen Pfoten zuckten im Traum, als Johanna und Florian nach ihm sahen. »Gute Nacht, Friedel«, sagte Florian leise und strich dem Kleinen liebevoll über den kugelrunden Bauch.

Der große Kojote

Johanna schlief unruhig. Immer wieder hörte sie das Heulen der Kojoten und das Knarren der Äste im Wind. Von weither glaubte sie ein Pferd wiehern zu hören. Sie schauderte und schloss das Fenster. Es war zwei Uhr nachts. Einen Augenblick lang überlegte sie, ob sie auf die Weide gehen sollte, um nachzusehen, ob dort alles in Ordnung war.

Aber sie entschloss sich, vernünftig zu sein, und versuchte wieder einzuschlafen. Ihr Vater hatte sie oft hysterisch genannt und ihr gesagt, sie bilde sich vieles ein. Vielleicht hatte sie das Wiehern des Pferdes nur geträumt, sie konnte es nicht mit Sicherheit sagen.

Johanna erwachte eine halbe Stunde früher als gewöhnlich. Obwohl es noch dämmerig war, stand sie auf und zog sich an. Noch immer spürte sie die Unruhe der vergangenen Nacht, ein unbestimmtes Gefühl von Sorge, das sie zur Koppel trieb.

Die Sonne ging gerade über den Sangre-de-Christo-Bergen auf, als sie aus der Haustür trat. Goldenes Licht tauchte alles in einen warmen Schimmer; der Tau funkelte auf den Gräsern, die Berge standen wie dunkle Riesen in der hellen Morgensonne. Das beklemmende Gefühl der Nacht fiel langsam von Johanna ab. Sie summte vor sich hin, als sie zur Koppel radelte.

Sie holte das Halfter und einen Apfel aus der Futterkammer. Als sie zum Gatter kam, blieb sie verblüfft stehen. Biba wartete nicht wie sonst jeden Morgen am Tor.

»Biba!«, rief Johanna und pfiff, so laut sie konnte. Aber kein schwarzer Pferdekopf tauchte zwischen den Bäumen auf. Alles blieb still, sie hörte kein Hufgetrampel, und das ungute Gefühl der letzten Nacht überkam sie wieder, stärker als zuvor. »Chester, Ruben, Leslie!«, rief sie die Pferde der Johnsons, und bald kamen die drei auf sie zugelaufen. Biba war nicht bei ihnen.

Johanna begann, unruhig die Weide abzusuchen. Vielleicht war Biba ausgebrochen oder krank geworden? Es war ein großes Gelände, Johanna lief eine halbe Stunde, ohne eine Spur von Biba zu finden. Sie rief unablässig ihren Namen. Plötzlich blieb sie mit einem Ruck stehen.

»Das war Bibas Wiehern, oder habe ich mich geirrt?«, murmelte sie halblaut. »Biba!«, rief sie noch einmal und lauschte angestrengt. Zuerst war alles still, dann hörte sie ein leises, klagendes Wiehern von der Ostseite der Koppel.

Johanna rannte, so schnell sie konnte. Eine Baumgruppe versperrte ihr die Sicht, doch dann sah sie Biba. Johanna blieb vor Entsetzen wie angewurzelt stehen.

Biba lag nahe am Zaun regungslos am Boden. Ihr linkes Hinterbein war von einer Blutlache umgeben und seltsam abgespreizt in den Draht verwickelt. Der Boden um die schwarze Stute war tief zerpflügt und aufgewühlt.

Dann sah Johanna den Kojoten. Er war beinahe so groß wie ein Wolf und lag nur wenige Meter von Biba entfernt. Sein weit aufgerissenes Maul zeigte furchterregende Zähne, an seiner vernarbten Haut und dem rauen Fell sah Johanna, dass er in seinem Leben viele Kämpfe bestanden haben musste. Nun aber waren seine gelbgrünen Augen erloschen. Die Schädeldecke war zertrümmert, der große Kojote war tot.

Fast gelähmt vor Entsetzen ging Johanna auf Biba zu. Sie wollte die Stute nicht erschrecken. Vorsichtig kniete sie neben ihrem Kopf nieder und strich ihr die Stirnlocke aus dem Gesicht. Biba bewegte sich ein wenig und röchelte leise. Tränen standen in Johannas Augen. Als sie

Bibas Hinterbein sah, schluchzte sie auf. Der Draht hatte tief eingeschnitten, und die Wunde blutete noch immer. Johanna wagte nicht, den Draht zu berühren – er war straff gespannt.

Auf einmal wusste sie, was sie tun musste. »Ich bin bald wieder zurück, Biba«, flüsterte sie und rannte los.

An der Haustür der Johnsons läutete sie Sturm. »Mr Johnson, kommen Sie schnell!«, rief sie außer Atem. »Biba ist verletzt! Wir brauchen eine Drahtschere!«

Max Johnson verstand den Ernst der Situation sofort und griff nach seiner Jacke.

»Bitte rufen Sie den Tierarzt an«, bat Johanna Jill Johnson. »Er soll sofort kommen! Und sagen Sie Michael Bescheid, bitte. Es ist ernst!«

Dann wandte sie sich um und lief hinter Max Johnson in die Werkstatt. Als sie wenig später bei Biba ankamen, schluckte Johnson beim Anblick der Stute. »Sieht nicht gut aus, Johanna«, sagte er ernst. »Lass uns sehen, was wir tun können.«

Vorsichtig begann er, den Draht um Bibas Bein zu durchtrennen. Die Stute stöhnte auf und zuckte mit dem verletzten Bein. »Sie muss stillhalten, Johanna, sonst schneidet der Draht immer tiefer ein«, sagte Max Johnson. »Versuche, ihr Hinterbein festzuhalten!«

Johanna kniete nieder und hielt das Bein, so gut sie konnte, aber Biba hob den Kopf und versuchte, mit aller Kraft aufzustehen.

»So schaffen wir es nicht«, sagte Johanna verzweifelt. »Wir brauchen einen dritten Helfer, der ihren Kopf hält. Ich laufe schnell zum Haus und hole Jill.«

Als sie in den Hof kam, fuhr gerade ein Auto in die Einfahrt. Michael sprang heraus. »Was ist passiert?«, rief er besorgt.

»Ich weiß es nicht genau, Michael«, erwiderte Johanna.

»Ich fand Biba neben einem toten Kojoten in den Draht verwickelt. Sie ist schwer verletzt. Komm schnell, und hilf uns, sie aus dem Zaun zu befreien!«

Trotz Michaels Hilfe dauerte es noch eine ganze Weile, bis schließlich auch der letzte Draht durchgeschnitten war. Michael saß neben der Stute und sprach leise auf sie ein. Geschickt zog Max Johnson den Draht aus der Wunde.

»Michael, meinst du, dass sie laufen kann?«, fragte Johanna.

»Ich weiß es nicht, die Wunde ist sehr tief«, sagte er leise.

Biba schnaubte verzweifelt, sie versuchte mit einem Ruck aufzustehen. Sie schwankte und zitterte am ganzen Körper, als sie es schließlich geschafft hatte. Das verletzte Hinterbein hielt sie hoch am Leib.

Michael nahm sein Unterhemd, riss es in Streifen und verband die Wunde notdürftig.

»Wir müssen sie hierlassen, bis der Tierarzt kommt und sie untersucht hat«, sagte Max Johnson. »Ich gehe zum Haus und bringe ihn her, sobald er da ist!«

Michael legte den Arm um Johanna und sah mit ausdruckslosem Gesicht in die Ferne, zu den Bergen hinüber, die sich in leichtem Dunst von der Mesa abhoben. Lange stand er reglos da und sagte kein Wort. Auf einmal starrte er angestrengt auf einen kleinen schwarzen Punkt am Himmel, einen Punkt, der aus den Bergen kam und schnell größer wurde.

Der schrille Schrei des Habichts ging Johanna durch Mark und Bein, sie erschauerte. Biba hob den Kopf, ihre Ohren spielten unruhig. Das schwarzbraune Gefieder des großen Raubvogels glänzte in der Sonne, als er langsam einen Kreis über ihnen zog. Für einen Moment huschte sein Schatten über Johanna und Michael, strich über Bibas Rücken. Dann flog der Habicht mit einem gellenden Schrei zurück in die Berge, von denen er gekommen war.

Johanna sah Michael fragend an. Er erwiderte ihren Blick ernst und legte einen Finger über die Lippen. »Ich kann es dir jetzt nicht erklären«, sagte er leise. »Später reden wir darüber!«

Dann kniete er neben dem toten Kojoten nieder. »Die Leute in der Gegend sind schon lange auf der Jagd nach ihm gewesen. Immer wieder verschwanden Schafe, junge Rinder und Fohlen. Man fand seine Spuren, nicht groß genug für einen Wolf, aber größer als die eines gewöhnlichen Kojoten.«

»Ich wusste nicht, dass Kojoten Pferde angreifen«, sagte Johanna betroffen.

»Das tun sie normalerweise auch nicht. Sie sind meist harmlos und fressen höchstens einmal ein Huhn oder einen Hasen. Dieser hier ist eine Ausnahme. Er muss bemerkt haben, dass Biba sich im Zaun verfangen hatte. Er griff sie an, weil sie nicht ausschlagen oder davonlaufen konnte. Sie ist kein Pferd, das leicht in Panik gerät. Ohne den Kojoten hätte sie sicher einfach hier gestanden und gewartet, bis du sie findest. Aber so hat sie versucht, sich mit Gewalt zu befreien, und sich schwer verletzt.«

»Sieh nur den Boden an«, sagte Johanna und deutete auf die aufgewühlte Erde. »Es muss ein furchtbarer Kampf gewesen sein!«

Michael nickte. »Sie muss sich aufgebäumt und ihn mit dem Vorderhuf genau zwischen die Augen getroffen haben.«

Er ging zu Biba und klopfte ihr den Hals. »Du bist ein mutiges Pferd«, sagte er zu der Stute.

»Da kommt der Tierarzt!«, rief Johanna und deutete zur Kuppe des Hügels.

Patrick Roden, der Arzt, kam schnell näher. Nachdem er vorsichtig den provisorischen Verband abgenommen hatte, untersuchte er die Verletzung. Die Wundränder klafften auseinander, man sah den Knochen und die durchtrennten Sehnen.

»Johanna«, sagte Dr. Roden endlich ernst, »ehrlich gesagt, glaube ich, es ist das Beste, sie einzuschläfern. Hier kann ich nichts mehr tun. Das Tier leidet sehr.«

Johannas Atem stockte. »Bitte«, flüsterte sie verzweifelt, »das kann doch nicht die einzige Lösung sein!«

Der Tierarzt räusperte sich. »Es ist nicht die einzige Lösung, aber sicher für dein Pferd das Beste. Ich könnte versuchen, die Wunde zu nähen, aber es wird lange dauern, bis eine so schwere Verletzung verheilt ist. Die Wahrscheinlichkeit, dass die Nähte bei der geringsten Belastung oder Bewegung wieder reißen, ist groß. Das ist sehr schmerzhaft für die Stute. Und die Chancen, dass sie je wieder wird gehen können, sind gering. Ihr Bein wird verkürzt bleiben und ihr ständig Schmerzen bereiten!«

Johannas Augen füllten sich mit Tränen. »Was tun wir nur?«, fragte sie mit tonloser Stimme.

»Johanna«, sagte Michael ruhig, »wenn du es versuchen willst, werde ich Onkel Harvey Kleiner Bär um Hilfe bitten. Er ist indianischer Arzt und hat schon vielen Menschen und Tieren geholfen. Ich glaube, dass Biba wieder laufen wird. Ich weiß, dass sie gesund werden kann, dass du sie wieder reiten kannst. Bitte glaube mir, Johanna, sie ist ein Pferd aus dem Pueblo, vergiss das nicht. Sie kann es schaffen!«

»Ich kann nur wiederholen, was ich euch schon erklärt habe«, sagte Dr. Roden. »Die Entscheidung liegt bei dir, Johanna. Ich habe viel Gutes von Michaels Onkel gehört, aber soweit ich es beurteilen kann, ist dies ein hoffnungsloser Fall.«

»Johanna, ich werde Onkel Harvey anrufen und um Rat fragen, wenn du willst«, schlug Michael vor.

»Bitte tu's! Ich habe Biba zu lieb, um sie einfach aufzugeben. Das müssen Sie verstehen, Dr. Roden!« Johannas Stimme zitterte.

Michael war schnell wieder zurück. »Mein Onkel bittet Sie, die Wunde so gut es geht zu nähen«, sagte er zu Dr. Roden. »Er kommt heute Nachmittag und kümmert sich um Biba.«

Dr. Roden zuckte die Schultern. »Ich werde es versuchen, auch wenn ich es für sinnlos halte«, sagte er. Er holte seine Arzneitasche und gab Biba eine Spritze.

Dann führte Johanna die Stute ganz langsam zum Stall. Biba hinkte mühsam auf drei Beinen. Der große Blutverlust hatte sie entkräftet, sie war schweißüberströmt. Es dauerte fast eine Stunde, bis sie schließlich am Stall angelangt waren.

Michael hielt Biba am Halfter und redete sanft in seiner Sprache mit ihr, während Dr. Roden die Wunde säuberte und das Umfeld betäubte. Er nähte die Wunde und legte einen Verband an. »Sie soll sich möglichst wenig bewegen, denn es besteht Gefahr, dass die Nähte reißen«, meinte er besorgt. »Morgen komme ich wieder und untersuche die Stute. Überlege dir gut, ob du deinem Pferd nicht all die Schmerzen ersparen willst, Johanna«, sagte er ernst. Dann ging er zu seinem Wagen.

Wird Biba leben?

Harvey Kleiner Bär gab Johanna die Hand und nickte ihr freundlich zu. Er war ein großer, massiger Mann, der leicht vornübergebeugt ging und ein wenig hinkte. Sein blauschwarzes Haar trug er halblang und offen, der Ausdruck der dunklen Augen sprach Wärme und Mitgefühl aus und flößte Johanna Vertrauen ein.

Er begrüßte die Stute mit den gleichen Worten, die Michael damals Johanna gelehrt hatte, bevor er sich ihr näherte. Biba stand regungslos mit gesenktem Kopf in ihrer Box. Sie schnaubte leise, als Harvey an ihrem Bein entlangstrich und ihr auf die Kruppe klopfte. »Führ mich zu der Stelle, an der sie sich in den Draht verwickelt hat«, bat er Johanna.

Harvey sah schweigend den toten Kojoten an, strich mit beiden Händen durch das Gras und blickte zu den Bergen hinüber. Er richtete ein paar Worte an Michael und zeigte zum Himmel. Michael antwortete, und die beiden sprachen schnell miteinander.

Endlich wandte sich Harvey an Johanna. »Setz dich«, sagte er kurz. »Michael hat mir von dem Habicht erzählt. Vögel haben ihre eigene Sprache, sie können Zeichen geben und Nachrichten übermitteln. Der Habicht bringt Segen, er ist ein gutes Zeichen. Dort in den Bergen ist eine Heilquelle, die mein Volk seit Jahrhunderten benutzt und an der schon viele Menschen wieder gesund geworden sind. Das wollte uns der Habicht sagen, glaube ich. Dort wird Biba gesund werden. Gott hat dir einen Boten geschickt, das ist ein großes Geschenk.«

Johanna sah Harvey ungläubig an. »Meinen Sie nicht, dass Sie da zu viel hineindeuten?«, fragte sie. »Der Habicht kann auch ganz zufällig herumgeflogen sein. Es gibt viele dieser Vögel, und ich habe nie daran gedacht, dass es eine Bedeutung haben könnte, wo und wann sie fliegen.«

Harvey Kleiner Bär lächelte. »Ich kann deine Zweifel gut verstehen«, sagte er. »Man kann glauben, dass die Welt aus Zufällen besteht und dass sich die Ereignisse im Leben ohne eine erkennbare Gesetzmäßigkeit zutragen. Ich glaube, dass die Welt kein Chaos ist und dass nichts ohne Grund geschieht, auch wenn uns oft vieles unerklärlich scheint. Ich habe mich mein Leben lang bemüht, die Zusammenhänge zwischen den Dingen, die in der Welt geschehen, zu erkennen. Tiere, Pflanzen, alles, was auf Erden ist, kann reden und den Menschen helfen, das Leben zu verstehen. Ich habe viel Zeit damit verbracht, dem Wind zu lauschen und dem Rauschen des Wassers zuzuhören, die Sprache der Wesen der Natur verstehen zu lernen. Ich achte auf die Zusammenhänge aller Geschehnisse. Ich horche darauf, was das Gras zu erzählen hat und was der Regen mir sagen will. Es ist meine Aufgabe zu helfen, und wenn du es möchtest, werde ich Biba behandeln. Ich glaube fest, dass sie wieder gesund werden wird.«

Er verstummte. Versonnen sah er in die Ferne.

Johanna schwieg nachdenklich. »Ich bin es nicht gewöhnt, so zu denken«, meinte sie schließlich, »aber vielleicht haben Sie recht. Ich nehme Ihre Hilfe gern an, denn ich möchte nichts lieber, als dass Biba wieder gesund wird.«

Sie gingen zurück in den Stall zu Biba. Harvey zog einen Beutel brauner Wurzeln aus der Tasche. Er löste den Verband und zerkaute die Wurzeln sorgfältig zu einem Brei, den er auf die Wunde strich. Als er sich wieder aufrichtete, sagte Johanna: »Dr. Roden ist der Meinung, dass

Biba ständig Schmerzen hat und dass es Tierquälerei ist, sie am Leben zu erhalten. Meinen Sie auch, dass sie sehr leidet?«

Harvey schüttelte den Kopf. »Die Pflanze, die ich verwende, hilft nicht nur, die Wunde zu heilen, sie lindert auch die Schmerzen. Du musst ihr zweimal täglich ein Pulver aus dieser Pflanze ins Futter mischen. Es sind nur unscheinbare, kleine Wurzeln, aber sie haben eine starke Kraft. Bald wird es Biba bessergehen. Und sei so oft wie möglich bei ihr. Sprich ihr Mut zu!«

Nachdem Harvey Kleiner Bär sich verabschiedet hatte, setzten sich Michael und Johanna auf einen Ballen Stroh vor Bibas Box.

»Mach dir keine Sorgen«, sagte Michael. »Onkel Harvey hätte es dir gesagt, wenn wirklich keine Hoffnung für Biba bestanden hätte und es besser wäre, sie einschläfern zu lassen. Er würde sie nicht sinnlos quälen.«

Johanna nahm Michaels Hand. »Das ist es gar nicht. Ich mache mir Vorwürfe, weil ich gestern Nacht nicht meinem Gefühl vertraut habe und auf die Weide gegangen bin. Ich bin mehrmals aufgewacht und habe, glaube ich, Biba sogar wiehern gehört. Im Grunde spürte ich, dass etwas nicht in Ordnung war, aber ich habe nicht danach gehandelt. Vielleicht wäre Biba gar nicht verletzt oder zumindest nicht so schwer, wenn ich meinem Gefühl vertraut hätte.«

»Jeder macht Fehler, du kannst nur daraus lernen. Vergiss nicht, dass du aus einer Kultur kommst, in der man nicht dazu erzogen wird, seiner Intuition nachzugehen, sondern dazu, verstandesgemäß zu handeln und seinen Intellekt zu schulen. Deine Großväter waren damit beschäftigt, Industrienationen aufzubauen und Technologien zu entwickeln. Zur gleichen Zeit war es für meine Großväter wichtig, eine Vision zu haben und sie zu verwirklichen. Sie haben diese inneren Bilder sehr ernst genommen und sich bemüht, ihnen in ihrem täglichen Leben Ausdruck zu geben und sie in die Tat umzusetzen. Ich will nicht sagen, dass die eine Art zu leben besser ist als die andere. Ich bin auch noch dazu erzogen worden, auf meine Träume zu achten und meinen Gefühlen und Ahnungen Bedeutung beizumessen. Du hast keine Schuld, Johanna.«

»Ich bin so froh, dass Harvey Biba behandelt«, sagte Johanna leise. »Der Gedanke, sie töten lassen zu müssen, ist mir unerträglich.« Sie sah Michael an. »Ich danke dir auch für deine Hilfe!«

Johannas Eltern standen dem Plan, Biba von Harvey Kleiner Bär behandeln zu lassen, mit Skepsis gegenüber. »Ich weiß, wie viel dir an Biba liegt«, sagte ihr Vater, »aber ich glaube, dass du auf einen professionell ausgebildeten Tierarzt hören solltest, Johanna. Sicher meint Michaels Onkel es gut, aber er hat keine wissenschaftliche Ausbildung. Er hat nicht studiert und kennt wahrscheinlich nicht einmal die Namen der Muskeln und Knochen.«

»Papa, ich glaube, dass er Biba helfen kann. Bitte lass es ihn wenigstens versuchen! Er hat seine eigene jahrelange Ausbildung als indianischer Arzt. Sie ist nicht akademisch, aber Harvey hat mit seinem Wissen schon vielen Menschen und Tieren geholfen!«

»Lass uns einen Kompromiss schließen«, schlug Mara Küffner vor. »Michaels Onkel wird Biba behandeln, aber Dr. Roden kommt einmal in der Woche, um nachzusehen, ob sich Bibas Zustand bessert. Wir werden sehen, was dabei herauskommt. Falls Biba in vier Wochen keine Fortschritte gemacht hat, können wir sie einschläfern lassen, um ihr weitere Schmerzen zu ersparen.«

Biba hob den Kopf und schnaubte leise, als Johanna nachmittags mit Harvey und Michael den Stall betrat.

»Sie hat heute Morgen mit mehr Appetit gefressen«, sagte Johanna. »Das Pulver scheint ihr gut zu bekommen!«

Harvey kniete sich neben Biba ins Stroh und untersuchte die Wunde. »Es sieht schon besser aus«, meinte er zufrieden. Dann zerkaute er wieder eine Handvoll Wurzeln und sang leise dazu. Danach verteilte er den Brei vorsichtig auf die Wunde. Biba hielt still, ihre Ohren spielten aufmerksam, sie schien Harveys Singen zuzuhören.

»Ich möchte, dass du nachher mit mir ins Pueblo kommst«, sagte Harvey zu Johanna, als er einen neuen Verband angelegt hatte.

Bald darauf fuhren sie in Harveys altem Auto auf einer Schotterstraße voller Schlaglöcher ins Pueblo. Vor einem kleinen Adobehaus stellte Harvey den Wagen ab. Er scheuchte eine Schar junger Hunde, die bellend den Wagen umsprangen, mit einer energischen Handbewegung zur Seite und öffnete das hölzerne Gartentor.

Sie gingen durch einen kleinen Gemüsegarten auf das Haus zu. Pralle Kürbisse schimmerten gelb unter großen, grünen Blättern hervor, hohe Maisstauden wogten im Wind, und Bohnen und blaue Wicken rankten sich gemeinsam am Gartenzaun fest. Die Geräusche aus dem Pueblo drangen hier nur noch gedämpft an Johannas Ohr, der Garten verbreitete eine wohltuende Stille. Bienen summten, und eine Katze schlief in der Sonne.

Harvey Kleiner Bär öffnete die Tür und bat Johanna und Michael einzutreten. Eine Frau mit kurz geschnittenem grauem Haar kam ihnen mit einem Baby auf dem Arm entgegen. Sie begrüßte Michael herzlich.

»Meine Frau Margret und unsere Enkeltochter Joyce«, stellte der alte Indianer vor. Margret nahm Johannas Hand und sah sie aufmerksam an. »Harvey hat mir von dir und deinem Pferd erzählt. Ich freue mich, dich kennenzulernen.«

Bald saßen sie am Küchentisch und tranken Kaffee. Der helle Raum war gemütlich, der Boden sauber geschrubbt, über dem Herd hingen mehrere Fotografien in Holzrahmen. Harvey deutete auf das Bild eines alten Mannes vor einem Tipi.

»Das war mein Vater, Rutherford Schneller Elch. Die Aufnahme stammt aus Oklahoma, er war Häuptling der Cheyenne, ein geachteter Mann. Alles, was ich weiß, habe ich von ihm und von meinem Großvater gelernt!«

Harvey hielt seine Enkeltochter auf den Knien und schaukelte sie, bis die Kleine vor Vergnügen kreischte. Dann sagte er etwas in seiner Sprache zu Margret, und sie verschwand für einen Augenblick im Nebenzimmer. Als sie zurückkam, gab sie Harvey etwas in die Hand.

»Johanna«, sagte er. »Ich habe dir von der Heilquelle in den Bergen erzählt. Dieses Gebiet ist für Weiße gesperrt. Es ist für uns ein heiliger Ort, und wir wollen nicht, dass dort Touristen herumlaufen, Lärm machen und ihren Müll liegen lassen. Wir lieben die Stille der Berge, wir halten dort Zeremonien ab, bei denen wir nicht gestört werden wollen. Deshalb ist das Gebiet nur für Indianer zugänglich.«

Er hielt einen Moment inne und stand auf. »Streck deine Hand aus«, sagte er. Vorsichtig ließ er eine Kette aus leuchtenden Türkisen in ihre Hand gleiten. »Meine Frau und ich nehmen dich in unsere Familie auf. Von nun an bist du wie unsere Nichte, wir sind wie dein Onkel und deine Tante. Du bist jederzeit in unserem Haus willkommen, wir werden immer für dich da sein, wenn du uns brauchst. Du bist wie unser Fleisch und Blut. Wenn es nötig sein sollte, können wir nun auch gemeinsam zu der Heilquelle in den Bergen gehen. Aber wenn die Wunde weiter so gut verheilt, wird Biba gesund werden, und wir brauchen den langen Weg nicht zu machen. Wir gehen nur zur Quelle, wenn alle anderen Mittel nicht mehr helfen. Und jetzt sieht es so aus, als ob die Behandlung mit dem Wurzelpulver genügt.«

Johanna atmete erleichtert auf. Sie sah Harvey gerührt an. »Vielen Dank«, sagte sie und ließ die Kette durch die Finger gleiten.

Margret lächelte ihr zu. »Der Schmuck stammt von meiner Mutter«, erklärte sie. »Seit langer Zeit ist die Kette in unserer Familie, sie wurde bisher immer von der Mutter an die Tochter weitergegeben. Ich schenke sie dir, denn nun bist du ein Mitglied unserer Familie. Und darüber freue ich mich.«

»Ich mache mir Sorgen wegen meiner Eltern«, sagte Johanna. »Papa glaubt nicht, dass Harvey Biba wirklich heilen kann. Er sagt, dass er Biba einschläfern lassen will, wenn es ihr nicht bald besser geht. Harvey soll die Behandlung nur kurzfristig übernehmen. Ich habe große Angst, dass Papa nur glaubt, was Dr. Roden sagt. Er hält das Ganze für Tierquälerei!«

»Ich werde mit deinen Eltern sprechen und sie um Erlaubnis bitten, Biba weiterhin zu behandeln. Es ist sehr wichtig, dass du meine Anweisungen genau befolgst und Biba gut pflegst«, sagte Harvey Kleiner Bär ruhig.

Johanna nickte. »Ich werde alles tun, damit Biba schnell wieder gesund wird«, erwiderte sie eifrig.

Nach einer Weile verabschiedete sich Johanna von Harvey und seiner Frau. Michael begleitete sie nach Hause.

»Ich freue mich für dich«, sagte er, und seine Augen leuchteten. »Onkel Harvey nimmt nur ganz selten jemanden in seine Familie auf. Es ist eine große Ehre für dich. Er scheint dich sehr zu mögen.«

»Für mich war es eine große Überraschung«, erklärte Johanna. »Hoffentlich kann er Papa davon überzeugen, dass Biba nicht eingeschläfert werden muss!« Sie sah bedrückt aus, als sie Michael zum Abschied umarmte.

»Harvey Kleiner Bär will morgen kommen und mit euch über Biba reden«, erklärte Johanna beim Abendessen.

Klaus Küffner war überrascht. »Harvey Kleiner Bär?«, fragte er. »Du meinst Michaels Onkel, stimmt's?«

Johanna nickte. »Ja, Papa, aber von nun an ist er auch mein Onkel. Harvey und seine Frau haben mich als Nichte in ihre Familie aufgenommen. Ich nenne sie meinen Onkel und meine Tante.«

Ihr Vater legte ungeduldig die Gabel beiseite. »Ich verstehe dich nicht, Johanna. Das ist nun wirklich übertrieben. Schließlich hast du eine eigene Kultur. Du solltest nicht zu gutgläubig sein. Lass dich nicht zum Narren halten. Du bist und bleibst für die Indianer immer eine Weiße, eine von denen, die ihre Väter umgebracht haben, die ihnen ihr Land geraubt und sie in elende Reservate verbannt haben, in denen sie jetzt ärmlich leben. Sie werden dich niemals wirklich akzeptieren. Du wirst früher oder später ihren Hass und ihre Verachtung für die weiße Rasse zu spüren bekommen. Du wirst immer anders sein, immer eine Fremde bleiben, nie als gleichwertig anerkannt werden. Glaub mir, ich meine es nur gut! Du wirst enttäuscht werden!«

»Papa, das ist nicht wahr«, widersprach Johanna erregt. »Sicher gibt es viele Indianer, die Weiße hassen, aber Harvey und seine Frau sind anders. Margret hat mir diese Kette ihrer Mutter geschenkt und gesagt, ich gehöre nun zu ihrer Familie!«

»Und das glaubst du?« Ihr Vater lachte spöttisch. »Johanna, du bist so naiv! Wir sind deine Familie, nicht diese Indianer. Ich will nicht, dass du weiter bei diesen Leuten bist. Dr. Roden wird Biba behandeln und sonst niemand. Wir werden genau das tun, was er für richtig hält. Hättest du auf mich gehört und dir ein gutes Pferd ausgesucht, wäre das alles nicht passiert. Aber was Michael sagte und riet, war dir natürlich wichtiger ...«

»Klaus«, unterbrach ihn seine Frau, »sei nicht ungerecht. Jedes andere Pferd hätte sich genauso verletzen können. Sicher meint Harvey es wirklich gut mit Johanna. Ich sage es dir nicht gern, aber ich glaube, du bist nur eifersüchtig. Warte doch, bis wir Harvey Kleiner Bär kennengelernt haben. Du hast Vorurteile, die ganz unbegründet sind!«

»Manchmal bereue ich es, dass wir nicht in Deutschland geblieben sind«, sagte Klaus Küffner zornig. Er stand ruckartig auf und trat dabei Friedel auf den Schwanz, der bei seinen Füßen gelegen hatte. Laut aufheulend sprang der Hund unter dem Tisch hervor.

»Papa! Du hast ihm wehgetan!«, rief Florian empört. Er lief zu Friedel, der sich leise jaulend in seinen Korb verkrochen hatte.

Klaus Küffner ging wortlos aus dem Zimmer. Die Tür fiel mit einem lauten Knall hinter ihm ins Schloss.

Johanna saß bedrückt mit ihrer Mutter am Tisch. »Mama, ich glaube nicht, dass Biba wieder gesund wird, wenn Dr. Roden sie behandelt. Was soll ich denn nur tun, wenn er sagt, dass sie eingeschläfert werden muss?« Sie schluchzte verzweifelt.

»Ich werde heute Abend mit Papa sprechen, wenn er sich beruhigt hat«, sagte ihre Mutter. »Er ist gereizt, es war nicht der beste Zeitpunkt, um das Gespräch auf Harvey zu bringen. Es kann gut sein, dass er seine Meinung ändert und Harvey doch noch kennenlernen will. Vielleicht denkt er morgen schon anders über die ganze Sache.«

Niedergeschlagen erzählte Johanna dem alten Indianer am nächsten Tag von der Auseinandersetzung mit ihrem Vater.

»Mach dir keine Sorgen«, lächelte er und sah Johanna zuversichtlich an. »Dein Vater ist kein Unmensch. Wenn er sieht, dass es Biba besser geht, wird er nicht mehr so misstrauisch sein.«

Biba stampfte unruhig im Stroh. Johanna streichelte liebevoll ihren Hals.

»Sie hat es nicht gern, nur im Stall zu stehen und sich so wenig zu bewegen«, sagte sie.

»Es wird nicht mehr lange dauern, bis sie wieder laufen kann. Die Wunde ist noch nicht geschlossen, aber wenn sie verheilt ist, zeige ich dir, wie man sie vorsichtig massiert. Das fördert die Durchblutung, und dann kann Biba anfangen, ganz langsam zu gehen!« Harvey Kleiner Bär strich an Bibas Bein entlang und legte den Verband an.

»Morgen kommt der Tierarzt, um sie zu untersuchen«, sagte Johanna unsicher.

»Das ist gut, du wirst sehen, er wird mit ihrem Zustand zufrieden sein«, erklärte Harvey. Er klopfte der Stute aufmunternd auf den Rücken und zwinkerte Johanna zu, als er sich von ihr verabschiedete.

Sie sah ihm nach, wie er mit seinem alten Auto aus dem Tor hinausfuhr. Sie hatten nicht viel miteinander gesprochen, aber Johanna hatte in all den Tagen, an denen sie Biba gemeinsam versorgten, viel Vertrauen zu Harvey gewonnen. Er schien nie im Geringsten daran zu zweifeln, dass Biba wieder gesund werden würde. Seine Zuversicht tat Johanna gut und beruhigte sie, wenn sie sich Sorgen machte und sich fragte, ob Biba jemals wieder würde gehen können.

Sie drehte sich um und ging zum Stall zurück. »Du musst morgen einen guten Eindruck auf Dr. Roden machen!«, flüsterte sie der schwarzen Stute ins Ohr. »Vielleicht kann er mit Papa reden. Ich glaube, er ist der Einzige, der ihn wirklich umstimmen könnte.«

Oft saß Johanna den ganzen Nachmittag bei Biba in der Box, um ihr Gesellschaft zu leisten. Sie striegelte das schwarze Fell der Stute, bis es glänzte und ihre Mähne seidenweich über den Hals fiel. Meistens sprach sie mit Biba oder las ihr etwas vor, aber für heute hatte sich Johanna etwas Besonderes ausgedacht.

»Ich habe gelesen, dass Kühe gern Musik hören. Vielleicht gefällt dir das auch. Magst du Mozart?«, fragte sie Biba und zog einen Kassettenrekorder aus der Tasche. Sie schaltete das Gerät ein und spielte Biba ein Klavierkonzert vor.

Die Stute stand entspannt da, sie schonte das verletzte Hinterbein und stützte ihr Kinn auf Johannas Schulter. Sie hielt die Augen halb geschlossen und bewegte nur ab und zu ein Ohr. Die Musik schien ihr gutzutun. Johanna stand still bei ihr, bis der letzte Ton verklungen war und es dunkel wurde.

Harvey Kleiner Bär sollte recht behalten, was Dr. Roden anbetraf. Der Tierarzt untersuchte kopfschüttelnd die Wunde. »Ich habe schon oft Fälle gehabt, die Harvey behandelt hat. Aber diese Stute stellt alles in den Schatten, was ich bisher in meiner Praxis erlebt habe!«, sagte er verblüfft. »Mir ist nicht klar, wie ein paar Wurzeln so eine Besserung hervorrufen können. Beim Menschen kann ja manchmal der Glaube an die Wirkung eines Medikaments Berge versetzen ..., aber wie so etwas bei einem Pferd funktioniert, ist mir rätselhaft. Erstaunlich!«

»Sie meinen also, dass Biba wieder gesund werden kann?«, fragte Johanna. Sie hielt den Atem an.

Dr. Roden nickte bedächtig. »Es sieht ganz danach aus«, sagte er. »Wenn sich der Zustand der Stute weiterhin so bessert, muss ich zugeben, dass meine Prognose falsch war.«

»Glauben Sie, dass Biba Schmerzen hat?«, wollte Johanna wissen.

Sorgfältig untersuchte Dr. Roden Bibas Augen. Er fuhr an ihrem verletzten Bein entlang. Selbst als er über den Verband strich, blieb die Stute ruhig stehen. »Es scheint ihr nicht wehzutun«, stellte er sachlich fest. »Wenn sie Schmerzen hätte, wären ihre Pupillen leicht geweitet. Aber sie haben die normale Größe!«

Er richtete sich auf und nahm seine Tasche. »Wenn ich es nicht mit eigenen Augen gesehen hätte, würde ich niemandem glauben, dass das Pferd so schwer verletzt war. Noch vor einer Woche hätte ich gewettet, dass sie nie wieder gehen würde. Aber nun bin ich froh, dass ich mit niemandem gewettet habe!« Er lächelte Johanna zu. »Dieser Harvey Kleiner Bär ist ein erstaunlicher Arzt. Was er mit dieser Stute getan hat, grenzt für meine Begriffe an ein Wunder!«

Als er sich zum Gehen wandte, hielt Johanna ihn am Ärmel fest. »Ich habe eine Bitte, Dr. Roden. Würden Sie meinen Vater anrufen und ihm sagen, was Sie von Harvey halten und wie Sie Bibas Zustand beurteilen? Er hat nämlich verboten, dass Harvey Biba weiter behandelt. Er glaubt nicht, dass er sie wirklich wieder gesund machen kann!« Bittend sah sie den Tierarzt an.

»Wenn ich es nicht selbst gesehen hätte, würde ich es auch nicht glauben«, sagte Dr. Roden und lachte. »Ich rede gern mit deinem Vater, Johanna!«

Und es gelang Dr. Roden tatsächlich, dass Johannas Vater seine Meinung über Harvey änderte. »Ich freue mich über Bibas Fortschritte«, sagte er zu seiner Tochter. »Was Dr. Roden erzählt hat, klang erstaunlich! Es tut mir leid, dass ich neulich so ungeduldig war. Allmählich möchte ich diesen Harvey Kleiner Bär kennenlernen!«

Eine Woche später luden die Küffners Harvey und seine Frau Margret zum Essen ein. Johanna war den ganzen Tag über außer sich vor Aufregung. Wenn ihr Vater sich nun nicht mit Harvey verstehen würde und trotz allem nicht wollte, dass er Biba behandelte? Dann würde sie kämpfen, das wusste sie!

»Ich wünsche mir so sehr, dass die beiden sich mögen«, sagte sie zu Michael in der Pause. »Ich habe immer noch Angst, dass Papa es sich auf einmal anders überlegt. Und ich mag Onkel Harvey so gern. Oft habe ich das Gefühl, als ob wir uns schon lange kennen.«

Michael nickte. »Wenn jemand dich in seine Familie aufnimmt, bedeutet das viel. Es verändert tatsächlich die Beziehung zwischen zwei Menschen. Man sollte so etwas ernst nehmen. Adoptierte Verwandte können einem genauso nahe sein wie die eigene Familie. Du wirst sehen, dein Vater wird Harvey mögen. Mach dir keine Sorgen, Harvey kann gut mit Menschen umgehen!«

Johanna lehnte den Kopf an Michaels Schulter und schloss die Augen.

»Ich denke heute Abend ganz fest an dich«, versprach Michael. Er strich ihr liebevoll über das kupferrote Haar.

Dann schrillte die Glocke.

»Die Pausen sind viel zu kurz!«, rief Johanna lachend. Sie küsste Michael schnell und machte sich auf den Weg zu ihrem Klassenzimmer.

Am Abend erwiesen sich Johannas Ängste als wirklich unbegründet. Obwohl das Essen zu Beginn ein wenig steif war, gelang es Harvey Kleiner Bär schnell, die Atmosphäre zu entspannen. Er wusste Geschichten zu erzählen, die alle in ihren Bann schlugen. Als sie später beieinandersaßen, sah Harvey Klaus Küffner ernst an. »Ich möchte Sie um Ihr Einverständnis bitten, Biba weiter behandeln zu dürfen!«, begann er einfach.

»Ich wäre Ihnen dankbar dafür«, erwiderte Johannas Vater. »Bis jetzt war ich zwar skeptisch«, fuhr er fort und lächelte. »Ich muss zugeben, dass mir Ihre Methoden seltsam erschienen. Aber die Hauptsache ist doch, dass Biba gesund wird, nicht wahr? Und ihr Zustand jetzt spricht für sich!«

Johanna atmete auf. Die Anspannung und die Sorgen der letzten Zeit fielen allmählich von ihr ab. Sie lehnte sich im Sessel zurück und dachte an Biba, Biba, die wieder laufen würde, die wieder mit dieser unglaublichen Leichtigkeit über die Mesa fliegen würde, mit geblähten Nüstern, wehender Mähne und funkelnden Augen.

Später verabschiedeten sich Harvey und Margret. An der Tür drückte Harvey Johanna ein kleines Päckchen in die Hand. »Für Biba«, sagte er und sah sie bedeutungsvoll an.

Die schwarze Stute stand mit gespitzten Ohren an der halb offenen Tür ihrer Box und lauschte gespannt in die Dunkelheit. Dann schnaubte sie und wieherte leise.

»Pst!« Johanna strich ihr zärtlich über die Nüstern. »Es ist doch schon so spät, weck die Johnsons nicht auf!«

Sie öffnete die Tür der Box und setzte sich auf einen Strohballen. Ein Streifen Mondlicht fiel über Bibas Rücken und ließ ihr Fell wie flüssiges Silber schimmern. »Papa hat erlaubt, dass Harvey dich weiter behandelt«, erzählte Johanna, während sie langsam das Päckchen aufschnürte. »Denk nur, er fand ihn sogar richtig nett, Biba!« Sie hielt der Stute eine Handvoll kleiner brauner Kugeln hin, die sie aus dem Paket genommen hatte. Biba schnupperte an den Kugeln und begann, mit Begeisterung zu fressen. Und da wusste Johanna mit einem Mal ganz sicher, dass Biba wieder gesund werden würde und dass sie keine Angst mehr um ihre Stute zu haben brauchte.

Biba trat an die Tür, und Johanna folgte ihr. Sie legte einen Arm über ihre Mähne, und die Stute schnaubte zufrieden. Leise zirpten die Grillen, in den Bäumen rauschte der Wind. Der Mond stand hoch am Nachthimmel. Ganz langsam fiel eine große, leuchtende Sternschnuppe und verlosch.

»Wünsch dir etwas, Biba«, flüsterte Johanna und lächelte. »Wenn du es niemandem verrätst, geht es in Erfüllung!«

Das Universum war still und lauschte,
dann erhob der große, schwarze Hengst
seine Stimme und begann zu singen:
Meine Pferde kommen tänzelnd, meine Pferde
kommen wiehernd, tänzelnd kommen sie.
Durchs Universum ziehen sie,
ein Volk der Pferde. Seht, wie sie tanzen!

Häuptling Schwarzer Elch

Der Ritt
durch die Schlucht

Der Rat eines Indianers

Johanna öffnete leise die Haustür und hielt einen Augenblick inne, ehe sie hinaus ins Freie trat. Es war noch dämmerig. Am Horizont begann sich der Himmel in Rosa- und Orangetönen zu färben.

Vor einem Dreivierteljahr waren die Küffners aus Deutschland nach New Mexico gezogen. Die Kargheit der Landschaft, die Johanna anfangs befremdet hatte, war ihr inzwischen vertraut geworden genauso wie der Weg zu Johnsons Farm, den sie jeden Morgen mit dem Fahrrad fuhr.

Biba wieherte leise, als sie das Hoftor knarren hörte. Die schwarze Stute reckte den feinen Kopf, so weit sie konnte, aus der Stalltür, um Johanna zu sehen. Die begrüßte Biba liebevoll und strich ihrem Pferd sanft über die lange, weiche Mähne. »Hast du gut geschlafen?«, fragte sie leise. »Geht es deinem Bein heute ein bisschen besser?«

Johanna streifte der Stute ein Halfter über und führte sie nach draußen, um die Wunde dort genauer betrachten zu können.

Johanna schüttelte besorgt den Kopf. »Das sieht aber nicht gut aus, Biba«, sagte sie leise. »Es will einfach nicht abschwellen. Das Bein ist zwar nicht dicker als gestern«, murmelte sie und fuhr sachte mit der Hand über die Narbe, »aber zurückgegangen ist die Schwellung auch nicht!«

Nachdenklich lehnte sie sich gegen den warmen Rücken der schwarzen Stute. Vor sechs Wochen hatte sich Biba mit dem Hinterbein in einem Zaun verfangen und war dann von einem ungewöhnlich großen, hungrigen Kojoten angefallen worden. In dem erbarmungslosen Kampf hatte Biba den alten Einzelgänger getötet, aber der scharfe Draht war ihr tief ins Bein gedrungen und hatte dabei eine gefährliche Wunde gerissen.

Johanna zog einen kleinen Plastikbeutel mit rötlichem Wurzelpulver aus der Tasche und begann das Pulver mit Wasser zu einem Brei zu verrühren. Zuerst hatte der Tierarzt für Biba keine Chance mehr gesehen und geraten, die Stute töten zu lassen. Aber Johannas Freund Michael war überzeugt, dass sein Onkel, ein traditioneller indianischer Arzt, Biba heilen könnte. So hatte Johanna Harvey Kleiner Bär kennengelernt, und ihm war es zu verdanken, dass Biba noch am Leben war.

Johanna rührte den rötlichen Brei, bis er glatt und dickflüssig war. Dann hielt sie die flache Holzschale einen Moment still in den Händen und sprach leise ein Gebet, so wie Harvey es sie gelehrt hatte. Mit ruhigen Bewegungen strich sie danach den Brei auf die Wunde, und Biba hielt still. Sie schien diese allmorgendliche Behandlung zu genießen. Die ersten Sonnenstrahlen ließen ihr dunkles Fell leuchten, und die Vögel begannen zu zwitschern.

Johanna kraulte Biba liebevoll, bevor sie sich wieder auf den Heimweg machte. Biba hatte frisches Wasser und eine saubere Box, Heu, so viel sie nur fressen konnte, und sah doch sehnsüchtig nach draußen.

»Ich weiß, du bist nicht gern im Stall«, sagte Johanna. »Aber eine Zeit lang wird es noch nötig sein, ehe du wieder Tag und Nacht mit den anderen Pferden im Offenstall sein kannst. Sicher bist du bald wieder gesund!«

Auf dem Heimweg überkamen Johanna wieder Zweifel. Bibas Zustand hatte sich in den letzten Wochen nicht mehr geändert, das Bein blieb trotz aller Pflege geschwollen. Die Stute wurde einfach nicht gesund.

»Ich weiß gar nicht, was ich tun soll«, sagte Johanna in der Pause zu Michael. Beide besuchten die Kunstschule; sie trafen sich für gewöhnlich an einem Mäuerchen bei einer knorrigen Zeder. Johanna strich sich die kupferroten, lockigen Haare aus dem Gesicht. »Meinst du, dass ich etwas falsch mache?«, fragte sie zögernd.

Michael schüttelte den Kopf. Seine dunklen Augen verengten sich, als er nachdenklich in Richtung der Mesa, des wüstenartigen Hochplateaus am Fuß der Berge, blickte. »Nein, das glaube ich nicht«, sagte er bedächtig. »Erinnerst du dich daran, dass Onkel Harvey von der Heilquelle in den Bergen sprach?«

Johanna nickte. Ihr Gesicht mit den vielen Sommersprossen und den graugrünen Augen war ernst geworden, sie wirkte erwachsener als an ihrem fünfzehnten Geburtstag vor ein paar Monaten; zu diesem Geburtstag hatte sie Biba von ihrem Vater geschenkt bekommen.

»Ich weiß noch gut, was er gesagt hat. Es war an dem Tag, an dem er und Margret mich als Nichte in ihre Familie aufgenommen haben!« Johanna lächelte und spielte mit einer Kette aus matt schimmernden Türkisen, die sie trug. Sie betrachtete die Steine intensiv und sagte leise: »Margret hat sie mir damals gegeben.« Sie schwieg einen Augenblick. »Harvey sagte, wenn die Wunde nicht verheilt, müssten wir mit Biba ein paar Tage in die Berge gehen, zu der Heilquelle, die er dort kennt.«

Ihr Gespräch wurde durch das schrille Klingeln der Pausenglocke unterbrochen. Michael zog Johanna an sich und küsste sie. »Wir rufen Onkel Harvey an und bitten ihn um Rat«, sagte er und strich Johanna durch die Haare. »Er weiß am besten, was zu tun ist.«

Johanna hatte Biba im Halbschatten eines großen Baumwollbaumes angebunden und striegelte sie sorgfältig.

»Dein Fell glänzt einfach nicht so wie früher«, sagte sie leise. Sie strich der Stute zärtlich über die Nüstern. Biba lehnte ihren Kopf an Johannas Schulter und begann in der Sonne zu dösen. Plötzlich hob sie den Kopf und spitzte aufmerksam die Ohren. Harvey Kleiner Bär kam mit Michael in seinem alten Auto knatternd in den Hof gefahren. Sie stiegen aus. Der alte Indianer, ein gedrungener, kräftiger Mann, hinkte ein wenig. Sein schulterlanges, schwarzes Haar wurde von einem breiten, roten Stirnband aus dem Gesicht gehalten. Harvey begrüßte Johanna herzlich und sah dann zu Biba hinüber. »Du traust ihr also immer noch nicht so recht«, stellte er fest.

»Wie meinst du das?«, fragte Johanna verblüfft.

»Du bindest sie an, als ob sie dir davonlaufen wollte«, erwiderte Harvey und schmunzelte.

»Pferde muss man beim Putzen anbinden. Biba könnte erschrecken und wirklich einmal weglaufen«, sagte Johanna. »In Deutschland binden wir die Pferde immer an – es schadet ihnen doch nicht!«

»Vielleicht schadet es nicht«, gab Harvey zu, »aber sie bleiben gezwungenermaßen stehen und nicht freiwillig. Sieh, Biba ist ein indianisch ausgebildetes Pferd. Es ist uns wichtig, dass sie freiwillig mit uns arbeitet, und wir haben sie so erzogen, dass sie stehen bleibt, sobald der Zügel oder Anbindestrick den Boden berührt. Putzen sollte man immer so, dass es dem Pferd angenehm ist und es sich dabei wohlfühlt. Dann bleibt es auch von selbst stehen. Wer allerdings grob und hastig putzt, nicht auf empfindliche Stellen achtet und gedankenlos über sein Pferd hinwegbürstet, der muss es auch anbinden. Versuch es doch einmal auf unsere Weise«, schlug er Johanna vor.

Johanna löste den Knoten und ließ das Ende des Führstricks auf die Erde hängen. Biba stand ebenso ruhig wie vorher, als Johanna sie weiterstriegelte. Sie wandte den

Kopf, um zu sehen, was Johanna an ihrem Schweif tat, machte aber keine Anstalten, wegzulaufen.

Harvey trat langsam auf die Stute zu und begrüßte sie mit einem Schwall leiser indianischer Worte. Johanna kannte die Bedeutung der Silben und wusste, dass er Biba höflich anredete und sie um Erlaubnis bat, sie zu untersuchen. Sie hörte auf, Biba zu putzen, und ging ein paar Schritte zur Seite, wo Michael stand und Harvey genau zusah. Die Hände des alten Mannes glitten behände über Bibas Körper. Manchmal hielt er an einer Stelle inne und ließ seine Hände dort eine Zeitlang bewegungslos liegen. Er schien auf etwas zu horchen, ins Innere der Stute hineinzulauschen. Dann tastete er weiter, sah sich Bibas Augen an, befühlte ihre Mähne und die Ohren.

»Warum beachtet er die Wunde gar nicht?«, flüsterte Johanna Michael zu.

»Ich glaube, er versucht herauszufühlen, wie Bibas Gesamtzustand ist. Er behandelt ja nicht nur das kranke Bein, sondern das ganze Pferd«, erwiderte Michael leise. »Mit Menschen macht er es genauso. Oft kommen sie mit speziellen Beschwerden, und er achtet anfangs gar nicht darauf, was sie ihm sagen. Er tut alles mögliche andere und stellt seltsame Fragen.«

»Was für Fragen?«, wollte Johanna wissen.

»Was jemand geträumt hat etwa oder wie er sich mit seinen Großeltern versteht oder ob das Haus, in dem die Leute wohnen, die Tür nach Osten oder nach Westen hat. Wenn man schon denkt, er hätte vergessen, weshalb man gekommen ist, geht er auf die Beschwerden ein.«

Harvey kniete neben Bibas Bein auf dem Boden und legte eine Hand auf die Narbe. Dann begann er leise zu singen. Biba hielt die Augen halb geschlossen und stand entspannt da. Nach einer Weile erhob sich Harvey. Er ging zu Michael und Johanna, strich sich nachdenklich übers Kinn und dachte eine Weile nach. »Wir werden in die Berge gehen«, sagte er und blickte prüfend zum Himmel auf. »Ich hatte geglaubt, das Pulver allein würde genügen, aber ich habe mich geirrt.«

»Onkel Harvey«, fragte Johanna beklommen, »glaubst du, dass Biba an der Heilquelle wirklich gesund wird?«

»Sicher glaube ich das«, erwiderte der Alte, »sonst würde ich nicht den weiten Weg dorthin gehen. Es ist eine uralte Quelle, und sie wurde früher noch viel mehr als heute von den Pueblos aus der Umgebung aufgesucht. Ihr beide, Michael und du, werdet uns begleiten und mir dort helfen. Bist du damit einverstanden?«

Johanna nickte. »Ich schon«, antwortete sie, »aber ich weiß nicht, was mein Vater davon hält!«

»Mach dir deswegen keine Sorgen, Johanna«, sagte Harvey beruhigend. »Ich werde mit ihm sprechen und ihn um Erlaubnis bitten.« Er kraulte Biba und verabschiedete sich von Michael und Johanna. Als sein Auto hinter der Toreinfahrt verschwunden war, setzten sie sich vor Bibas Box auf einen Strohballen. Biba stand dicht bei ihnen und schonte das verletzte Hinterbein. Ihre Ohren spielten aufmerksam, und ihre Nüstern waren geweitet.

»Der Ausdruck ihrer Augen ist anders, seit Harvey hier war«, stellte Johanna fest.

Michael schwieg und sah zu Boden.

»Du bist so still«, meinte Johanna und sah ihn forschend an.

»Ich möchte etwas mit dir besprechen«, sagte er unvermittelt und zog Johanna an sich. Dann holte er einen Briefumschlag aus der Tasche. »Weißt du, was das ist?«

Johanna schüttelte den Kopf.

»Es ist ein Stipendium«, sagte er langsam. »Von der Kunstakademie in Albuquerque. Sie laden mich ein, im nächsten Schuljahr auf ihre Akademie überzuwechseln. Sie nehmen nur die Besten, Johanna … Es ist eine Auszeichnung für mich, dieses Stipendium!«

»Aber warum freust du dich denn gar nicht, Michael? Darauf hast du schon lange gewartet, es ist doch wunderbar!«, rief sie spontan.

»Du verstehst nicht, Johanna«, sagte Michael bedrückt. »Es bedeutet, dass ich von hier fortziehen werde. Wir könnten uns nur am Wochenende sehen, vielleicht sogar nur ein- oder zweimal im Monat.« Er nahm Johannas Hände und sah ihr in die Augen.

»Daran habe ich noch gar nicht gedacht«, sagte sie niedergeschlagen.

»Ich weiß nicht, was ich tun soll, Johanna. Ich bin jetzt achtzehn und habe jahrelang Bilder gemalt, die meistens niemand haben wollte. Nichts habe ich mir sehnlicher gewünscht, als einmal auf diese Akademie gehen zu können. Aber der Gedanke, dich nur noch so selten zu sehen, macht mich traurig. Ich möchte nicht so weit von dir fort sein … nicht so lange getrennt!«

Johanna antwortete nicht. Es war ganz still, nicht einmal der Wind rauschte in den Zweigen. Johanna hob langsam den Kopf. »Ich glaube, du solltest das Stipendium annehmen«, sagte sie. »Du sprichst selbst oft davon, wie wichtig es ist, seine Begabungen zu fördern und sie zu entwickeln. Dort hast du dazu viel mehr Möglichkeiten als hier in Paseo. Du wirst mir fehlen, aber …« Sie verstummte und biss sich auf die Lippen.

Michael nahm sie in den Arm.

»Ich weiß, dass du gehen musst«, sagte Johanna leise. »Aber ich kann mir nicht vorstellen, hier ohne dich zu sein!«

»Ich muss ja nicht annehmen«, sagte Michael und strich ihr zärtlich durch die Haare.

»Doch, ich glaube, das musst du. Ich will nicht, dass du

meinetwegen eine solche Chance nicht wahrnimmst. So ein Stipendium bekommst du vielleicht nie wieder angeboten!« Sie schwieg einen Moment, dann fuhr sie fort: »Wir können uns ja trotzdem sehen! Wenn wir es wirklich wollen, finden wir eine Möglichkeit, um öfter zusammenzusein. Wir werden uns auch schreiben und miteinander telefonieren!«

»Es wird aber nicht mehr so sein wie jetzt«, sagte Michael bedrückt. »Das weißt du!«

»Ich weiß.« Johanna nickte. »Ich will ja auch nicht, dass du fortgehst ... Es gibt ein Sprichwort in Deutschland. Es ist ein bisschen kitschig, aber es ist was Wahres dran. Man sagt, Liebe sei wie ein Feuer: Ein großes Feuer brennt stärker durch die Trennung, ein kleines Feuer aber erlischt!«

»Sieh mich an, Johanna«, bat Michael leise. »Unsere Freundschaft wird weiterbestehen, egal, wo wir sind!«

»Bist du ganz sicher?«, fragte Johanna.

»Ja«, sagte Michael ruhig. »Das solltest du längst wissen!« Er nahm sie sanft in die Arme.

»Heute Abend kommt Onkel Harvey, um mit Papa zu sprechen«, erzählte Johanna ihrer Stute Biba, als sie am nächsten Tag in den Stall kam. »Hoffentlich hat er nichts dagegen, dass ich mitgehe.«

Die Stute rieb ihren Kopf an Johannas Schulter und schnaubte. Johanna versorgte sie gern. Sie tat jede Arbeit in einer bestimmten Reihenfolge und spürte, dass die Regelmäßigkeit der Beschäftigung mit Biba und die Verantwortung für die Stute ihr und auch dem Pferd guttaten.

Als sie abends mit ihren Eltern und Harvey zusammensaß, sprach er zuerst über alles mögliche und spielte mit ihrem Bruder Florian und dessen kleinem Hund Friedel. Endlich wandte er sich an Johannas Vater.

»Ich möchte Sie um Ihr Einverständnis bitten, dass ich Biba weiterhin behandele«, begann er.

Johannas Vater sah ihn verblüfft an. »Aber das ist doch selbstverständlich«, erwiderte er. »Ich bin Ihnen dankbar dafür!«

»Sehen Sie, ich brauche Ihre Unterstützung«, erklärte Harvey. »Bitte erlauben Sie Johanna, mit mir, dem Pferd und meinem Neffen vier Tage in die Berge zu gehen.«

»Sie meinen Michael Gelber Vogel?«, fragte ihr Vater schnell.

»Den meine ich«, sagte Harvey. »Er ist mein Helfer. Ich arbeite oft mit einem meiner Neffen als Helfer, und Michael ist der Geschickteste von allen. Er ist begabt und lernt von mir.«

Johannas Vater räusperte sich. »Ich weiß, dass meiner Tochter viel an Biba liegt, aber ich frage mich doch, ob Ihr Vorhaben nicht zu aufwendig ist. Vier Tage sind eine lange Zeit, und ich weiß, dass Sie viel zu tun haben!«

»Das stimmt«, erwiderte Harvey. »Aber diese Stute ist Ihnen allen anvertraut, und Sie tragen die Verantwortung für sie. Das war nicht immer so. Biba wurde frei in den Bergen geboren. Wir haben sie aus ihrer natürlichen Umgebung genommen und ihr einen anderen Lebensraum gegeben. In den Bergen gibt es keine Drahtzäune, in die sie sich hätte verwickeln können. Kein Kojote hätte es gewagt, sie anzugreifen, wenn sie nicht im Zaun gefangen gewesen wäre. Wir Menschen haben Biba in diese Situation gebracht und sind deshalb auch verantwortlich dafür. Und für ein anderes Lebewesen verantwortlich sein heißt nicht, es wegzuwerfen und auszurangieren wie ein altes Auto. Ich glaube, dass wir alles tun müssen, was in unserer Macht steht, um Biba zu helfen, wieder gesund zu werden. Wir sind verpflichtet, der Stute zu helfen!«

»Da muss ich Ihnen recht geben«, sagte Johannas Vater nachdenklich. »Aber warum ist es notwendig, dass Johanna mitgeht?«

»Es ist ihr Pferd«, sagte Harvey einfach. »In den Bergen gibt es eine Heilquelle, die wir schon seit vielen Generationen benutzen, um kranke Menschen und Tiere zu heilen. Sobald Biba entsprechend vorbereitet ist, möchte ich sie dorthin bringen und mit ihr ein paar Tage an dem kleinen See bleiben, in den die Quelle mündet. Das ist mir aber nur mit Ihrem Einverständnis möglich. Negative Kräfte würden schaden. Ich brauche sowohl Michael als auch Johanna, damit sie mir dort helfen!« Der alte Indianer blickte Johannas Vater eindringlich an.

»Ich weiß nicht, was ich von Ihrem Vorschlag halten soll«, sagte dieser. »Ich mache mir Sorgen um meine Tochter. Sie wissen, dass ich ihre Freundschaft mit Michael nicht gern sehe!«

»Vergessen Sie nicht, dass Johanna auch meine Nichte ist«, sagte Harvey. »Das bedeutet, dass ich mich für sie verantwortlich fühle und dass in diesen vier Tagen nichts geschehen wird, was Sie nicht wollen. Es ist kein Campingurlaub, Herr Küffner. Es wird harte Arbeit und Konzentration für uns alle bedeuten, und unser einziges Ziel ist es, dass Biba wieder gesund wird. Dies ist etwas sehr Ernstes. Wir spielen nicht mit diesen Dingen. Die Berge und besonders das Gebiet um die Quelle sind für uns heilige Orte. Dort kann man nicht tun und lassen, was man will, jeder muss sich an bestimmte Regeln halten. Johanna und Michael wissen, dass es unsere einzige Absicht sein darf, Biba zu helfen. Das erfordert größte Konzentration, schon jeder negative Gedanke könnte den Erfolg unseres Vorhabens infrage stellen und damit Bibas Leben aufs Spiel setzen. Ich hoffe, dass Sie mich verstehen!«

»Also gut«, willigte Klaus Küffner ein. »Ich möchte ja auch, dass die Stute wieder gesund wird.«

Johanna blickte ihren Vater dankbar an.

Tage der Vorbereitung

Biba wieherte leise, als Johanna ihr Fahrrad im Hof abstellte. Unruhig trat die Stute an der Tür ihrer Box hin und her. »Du siehst heute sehr munter aus!«, rief Johanna und fuhr ihr durch die dichte Mähne. »In einer Woche gehen wir in die Berge, Biba!«

Sie führte die Stute vorsichtig aus dem Stall und begann sie zu putzen. Bibas Fell hatte noch immer keinen Glanz, die Rippen traten scharf hervor. »Du hast einfach keinen Appetit!«, stellte Johanna fest und strich Biba über die Flanken. Die schwarze Stute rieb den Kopf an ihrer Schulter und schnaubte. »Bist du schon ungeduldig?«, fragte Johanna. »Ein paar Tage musst du noch warten, Kleine!« Sie lachte und gab Biba einen Apfel.

Rumpelnd bog Harveys Wagen in den Hof. Johanna freute sich, Harvey und Michael zu sehen.

»Führe Biba ein paar Schritte, damit ich sehen kann, wie sie sich bewegt!«, sagte Harvey.

Langsam ging Johanna neben Biba her.

»Sie tritt mit dem verletzten Bein nur zögernd auf«, stellte Michael fest. »Aber es sieht nicht so aus, als ob die Sehne verkürzt wäre!«

Nachdenklich betrachtete Harvey die Stute. Prüfend wanderten seine Augen über den Körper des Pferdes. »In einer Woche wird sie so weit sein, Johanna. Ich zeige dir, wie du sie bis dahin jeden Tag behandeln musst!«

Er zog einen Beutel mit schwarzem Pulver aus der Tasche und verrührte es mit Wasser zu einem dicken Brei. Dann gab er Johanna die Schale.

»Sprich ein Gebet darüber«, bat er sie. »Du brauchst es auch nicht auf Englisch zu sagen, sondern kannst deutsch sprechen. Wenn ich bete, tue ich es auch meist in meiner Stammessprache. Bitte einfach Gott, dass er Biba hilft, gesund zu werden.«

Johanna schloss die Augen und sprach ein kurzes Gebet für ihr Pferd. Dann gab sie Harvey die Schale zurück.

»Sieh genau zu, wie ich den Brei auftrage«, wies Harvey sie an, nachdem er sich bei ihr bedankt hatte. Er rieb Bibas Wunde mit sanften, kreisenden Bewegungen ein. Dann hob er das Bein auf und bewegte es langsam. »So können die Muskeln und Sehnen wieder arbeiten, ohne dass sie Bibas Gewicht tragen müssen,« erklärte er. »Das Gewebe reißt, wenn man ein Pferd lange ruhigstellt und es dann ohne Vorbereitung wieder laufen lässt. Man muss es langsam wieder an die Belastung gewöhnen.«

Er stellte Bibas Fuß vorsichtig zu Boden. »Versuche es einmal«, ermunterte er Johanna. »Beginne damit, dass du das Bein behutsam anhebst, so als wolltest du die Hufe auskratzen. Nun bringe das Bein unter Bibas Bauch nach vorn, aber nur so weit, wie Biba dir ohne Widerstand folgen kann. Du darfst auf keinen Fall etwas erzwingen wollen oder an ihrem Bein ziehen. Nun bringe den Fuß nach hinten und beschreibe dort einen Kreis; mach nur eine kleine Bewegung, die mühelos geht!« Harvey nickte beifällig. »Du machst es sehr gut, Johanna«, lobte er. »Lass Biba nun ein wenig ausruhen!«

Kurz darauf sollte Johanna das Bein wieder anheben. »Halte jetzt das Sprunggelenk ruhig, und bewege nur das Fesselgelenk! Biege es sanft auf und ab, vor und zurück. Nun halte ihr Bein so, dass du nur die Hüfte bewegst. Selbst die kleinste Drehung ist schon genug!«

Bibas Ohren spielten aufmerksam, und ihr Atem ging schneller. Mehrmals wandte sie den Kopf, um zu schauen, was Johanna mit ihrem Bein tat. Nur einmal zuckte sie zusammen.

»Vorsicht!«, mahnte Harvey. »Das ist zu stark gewesen. Du darfst ihr keine Schmerzen verursachen. Mach die Bewegungen noch kleiner. Biba muss dir vertrauen können, sie darf sich nicht verkrampfen. Sie muss dich das volle Gewicht ihres Beines halten lassen. Das kann sie aber nur, wenn sie weiß, dass du ihr nicht wehtust.«

Johanna richtete sich auf und strich sich den Schweiß von der Stirn. »Das ist gar nicht so einfach, Onkel Harvey. Biba lehnt sich mit ihrem ganzen Gewicht auf mich. Manchmal kann ich ihr Bein fast nicht mehr halten. Sie ist schwer!«

»Du musst ihr noch weniger zu fressen geben«, lachte Michael und klopfte Biba den Hals.

Harvey hob Bibas Bein an und sagte: »Wenn sie sich auf dich lehnt, schaukelst du sie ein wenig hin und her, bis sie ihr Gewicht auch wieder auf die anderen Beine verlagert. Sie soll dir zwar das Gewicht des Beines, an dem du arbeitest, überlassen, aber das heißt nicht, dass sie sich auf dich stützen soll. Da verstehe ich, dass du ins Schwitzen gerätst«, sagte er und legte Johanna freundlich eine Hand auf die Schulter. »Versuche auch, ihr Bein nicht nur mit deinen Armen zu tragen und zu bewegen, sondern benütze deinen ganzen Körper. Achte darauf, den Mittelpunkt deiner Bewegung im Becken zu haben, dort hast du viel mehr Kraft als in den Armen. Dein Rücken sollte nicht gebeugt sein, sonst könntest du Rückenschmerzen bekommen, und das ist nicht der Sinn der Sache. Wenn die Arbeit dir unbequem ist oder du den Atem anhältst, überträgt sich das auf Biba, und die Wirkung der Übungen verändert sich. Sie können ihr sogar schaden, wenn du deine Verspannung und Anstrengung auf sie überträgst. Es ist also wichtig, dass du auch auf dich sehr genau achtest und weißt, was du tust.«

»Meinst du nicht, dass es zu riskant ist, wenn ich mit Biba übe? Ich habe noch nie so eine Behandlung mit einem Pferd gemacht. Ich habe Angst, Biba mehr zu schaden als zu nützen«, sagte Johanna zögernd.

»Wenn du vorsichtig bist und auf Bibas kleinste Reaktion achtest, kann nicht viel passieren. Achte auf deinen Atem und auf ihren. Wenn sie plötzlich die Luft anhält oder sich steif macht, weißt du, dass du sehr vorsichtig sein musst. Biba ist dein Pferd, Johanna, deshalb möchte ich, dass du mit ihr arbeitest. Ich weiß, dass du ein gutes Gefühl für sie hast. Du musst nur darauf vertrauen und konzentriert sein, nicht an andere Dinge denken, während du mit Biba beschäftigt bist. Sie spürt, ob deine Aufmerksamkeit ganz bei ihr ist oder ob du ans Frühstück denkst oder an Michael!« Harvey zwinkerte Johanna zu. »Mach dir keine Sorgen, übe mit ihr. In zwei Tagen komme ich wieder, dann sehen wir weiter.«

Biba schien die Behandlung, die der Indianer Johanna gezeigt hatte, sehr zu genießen. Sie stand mit gesenktem Kopf entspannt da, und nur das Spiel ihrer Ohren verriet, dass sie nicht schlief, sondern auf Johannas Hände »horchte«. Als Harvey wiederkam, war er sehr zufrieden mit Biba. »Ihre Bewegungen werden flüssiger«, sagte er. »Nun kannst du nach dem Üben mit ihr jeden Tag ein paar Schritte mehr gehen. Der Weg zur Quelle ist weit, und sie muss sich bis dahin daran gewöhnt haben, wieder zu laufen.«

»Kann man denn nicht bis zur Quelle fahren?«, wollte Johanna wissen.

»Nein«, meinte Harvey kopfschüttelnd. »Dort oben ist alles noch so, wie es sein soll. Es gibt nur einen kleinen Pfad, und wenn jemand nicht mehr gehen kann, tragen ihn seine Freunde eben bis zur Quelle. Mit Straßen und Seilbahnen bringt man die Natur aus dem Gleichgewicht. Die

Berge mögen solche Dinge nicht. Sie sind uns heilig, und wir wollen sie nicht stören. Deshalb wehren sich die Stämme in Arizona und Utah auch so gegen den Abbau von Erz und Uran.«

»Ich bin einmal mit meiner Mutter an einem Bergwerk vorbeigefahren. Es sah trostlos aus. Riesige schwarze Kräne und Schutthalden und das große, tiefe Loch im Berg ... Es hat mich traurig gemacht, obwohl ich damals gar nicht wusste, wie du darüber denkst und was den Indianern die Berge bedeuten.«

»Ich glaube, dass den meisten Menschen unbehaglich wird, wenn sie die Natur so vergewaltigt sehen. Aber viele verdrängen diese Gefühle und wollen nicht wahrhaben, dass auch sie im Grunde ihres Herzens wissen, dass man die Natur nicht so ausbeuten darf. Du weißt, wir nennen die Erde unsere Mutter, Bergbau ist für uns, als risse man der eigenen Mutter den Leib auf, um ihr Herz zu holen und sie mit einer großen klaffenden Wunde achtlos liegen zu lassen. Wenn die Erde nicht mehr im Gleichgewicht ist, können auch ihre Heilkräfte nicht mehr wirken. Sie kann nicht heilen, wenn sie selbst zerstört wird. Deshalb achten wir so auf das Gebiet und die Berge um die Quelle und schützen es vor fremden Einflüssen, selbst vor Touristen, die gedankenlos Blumen und Äste abreißen, Steine sammeln und Coladosen und anderen Abfall zurücklassen.«

Johanna streichelte Biba liebevoll. »Glaubst du, dass sie schon einmal an der Quelle war?«, fragte sie.

»Kann gut sein, schließlich ist sie in den Bergen geboren, und Tiere haben ein Gespür für heilkräftiges Wasser und auch für Pflanzen. Wir werden sehen, wie sie sich dort verhält. Vielleicht treffen wir sogar die Herde, in der sie geboren wurde, und ihren Vater, El Moro, das Schattenpferd.«

»Ich würde ihn so gern einmal sehen!«, sagte Johanna nachdenklich.

»Wenn er sich zeigen will, wirst du ihn zu Gesicht bekommen«, erklärte der alte Indianer. »Aber wer ihn je wirklich suchte, hat ihn nie gefunden. Übe die nächsten Tage weiter mit Biba und beschäftige dich viel mit ihr. In vier Tagen ist es dann so weit.«

Um drei Uhr schrillte Johannas Wecker. Sofort erwachte sie aus leichtem Schlaf und knipste das Licht an. Sie war furchtbar aufgeregt. Noch vor dem Morgengrauen wollten Harvey und Michael sie abholen. »Wir müssen bei Sonnenaufgang in den Bergen sein«, hatte Harvey am Abend zuvor gesagt, als er Biba noch einmal besucht hatte.

Johanna schlüpfte in Jeans, zog ein T-Shirt an und darüber einen warmen Wollpullover. Sie trug Wanderschuhe und dicke Wollsocken. Kurz darauf stand sie an der Haustür und wartete.

Friedel war aufgewacht und drängte sich schwanzwedelnd um ihre Beine. Johanna beugte sich nieder und streichelte den jungen Hund. »Du kannst heute nicht mitkommen, Friedel«, sagte sie leise. »Es würde ein zu langer Spaziergang für dich werden!« Friedel legte den Kopf schief und sah Johanna mit großen, braunen Augen an, als ob er genau zuhörte. Dann fiepte er leise und blickte zur Tür. Johanna lauschte angestrengt, und kurz darauf hörte sie das Motorgeräusch von Harveys altem Auto.

Schnell schloss sie die Haustür hinter sich und lief zur Straße. Der Anhänger, den Harvey angekuppelt hatte, rumpelte beim Bremsen. Noch war es dunkel. Die Sterne funkelten am klaren Nachthimmel.

Harvey lächelte Johanna zu, als sie einstieg. »Hast du ausgeschlafen?«, neckte er sie und reichte ihr eine Tasse Kaffee in einem Plastikbecher. Michael hielt den Arm um Johanna gelegt, bis sie bei den Ställen angelangt waren.

Biba schnaubte aufgeregt, als Johanna sie aus dem Stall

führte. Sie ging zögernd, trat aber mit dem verletzten Bein schon leichter auf als noch vor einer Woche.

Harvey ließ die Laderampe herunter. Dann ging er zu Biba. »Darf ich sie in den Hänger führen?«, fragte er Johanna. »Ich zeige dir dabei einen alten Indianertrick!«

Johanna gab Harvey das Führseil und ging zu Michael, der ein wenig abseits stand. Harvey begann leise in einem singenden Tonfall mit Biba zu sprechen, ohne sie am Halfter zu halten.

»Er erklärt ihr, wo wir hingehen und warum«, flüsterte Michael Johanna zu. »Nun spricht er von der Quelle«, fügte er hinzu.

In der Dämmerung konnte Johanna nur schemenhaft die Gestalt des alten Indianers erkennen und daneben Biba wie einen Schatten.

Harvey berührte Bibas Genick, und mit einem leisen Klirren fielen Halfter und Führstrick zu Boden. Ein Windstoß fegte durch den Hof und fuhr durch Bibas Mähne. Die Stute setzte sich langsam in Bewegung, während Harvey reglos stehen blieb. Vor der Laderampe hielt Biba einen Augenblick inne und schnaubte. Dann ging sie mit einigen großen Schritten entschlossen in den Anhänger. Harvey klappte leise die Rampe hinter ihr hoch und verriegelte sie.

»Wenn ich das jemandem erzähle, glaubt's mir niemand«, murmelte Johanna fassungslos.

»Deshalb soll man über solche Dinge auch gar nicht sprechen«, sagte Michael und drückte ihre Hand.

Schweigend fuhren sie die kleine Straße zu den Bergen entlang. Die Sterne wurden blasser, und der Horizont färbte sich in schwachem Rosa. Harvey bog in einen Feldweg ein und hielt bei ein paar großen Felsblöcken.

»Von hier aus gehen wir zu Fuß«, erklärte er Johanna. Er deutete auf ihren kleinen Rucksack. »Zeig mir bitte, was du mitgebracht hast!«

Sorgfältig sah er sich den Inhalt an. Kleidung und Schlafsack legte er zustimmend nickend beiseite, aber als er das Taschenmesser sah, schüttelte er den Kopf. »Das wirst du hierlassen. Wir dürfen keine Messer in dieses Gebiet bringen. Waffen, Geld und Drogen darf niemand mit sich führen, der diesen Teil der Berge betritt.«

»Aber ich benutze mein Messer doch nicht als Waffe, Onkel Harvey«, protestierte Johanna. »Es ist beim Zelten sehr nützlich, man kann nie wissen, wozu man es braucht. Papa hat es mir geschenkt, und ich nehme es immer mit.«

Harvey schwieg einen Augenblick. »Gerade weil wir unbedingt vermeiden wollen, dass jemand Dinge bei sich trägt, die hier fehl am Platze sind, haben wir dieses Gebiet für Weiße gesperrt. Ich weiß, dass du das Messer nicht in böser Absicht mitnehmen willst, aber ich bitte dich trotzdem, es hierzulassen. Es ist eine symbolische Handlung. Wir nehmen bewusst von bestimmten Dingen Abstand und lassen sie zurück, um Respekt vor diesem heiligen Ort zu zeigen und zum Ausdruck zu bringen, dass es unsere einzige Absicht ist, dort Heilung zu finden!«

Johanna schwieg einen Augenblick und wog ihr Taschenmesser nachdenklich in der Hand. »Ich glaube, ich weiß, was du meinst«, sagte sie dann und legte das Messer und ihren Geldbeutel in das Handschuhfach des Wagens.

Harvey warf nur einen flüchtigen Blick auf Michaels Rucksack, aber dann zog er die Augenbrauen zusammen. Er griff in eine Seitentasche und zog eine Flasche Whiskey hervor. Wortlos hielt er sie Michael hin.

Michael errötete und blickte verlegen zu Boden. »Ich habe den Rucksack das letzte Mal benutzt, als ich mit Daniel unterwegs war, und habe vergessen, dass die Flasche noch drin war. Ich wusste es wirklich nicht mehr!«, stotterte er. »Bitte, glaub mir, Onkel Harvey, ich will nicht mehr trinken und habe die Flasche nicht absichtlich mitgenommen!«

»Du brauchst dich vor mir nicht zu rechtfertigen«, sagte der alte Mann ruhig. »Mir geht es nur darum, keinen Alkohol mit in die Berge zu nehmen, wie auch immer er in deinen Rucksack gekommen sein mag!«

Wieder hielt er Michael die Flasche hin. Zögernd nahm der Junge sie entgegen und schleuderte sie dann mit einer entschlossenen Handbewegung weit in die Mesa hinaus. Mit leisem Klirren schlug sie auf einem Stein auf und zersprang.

Harvey legte Michael die Hand auf die Schulter und nickte. »Es ist gut, mein Junge«, sagte er. »Nun ist es an der Zeit, Biba aus dem Hänger zu lassen.«

Die Stute sog begierig die frische Morgenluft ein und wieherte hell. Harvey führte sie zu einer besonderen Stelle bei den Felsen. In die Wände waren alte Symbole und Tierbilder eingeritzt, die nun im Morgenrot leuchteten. Harvey bedeutete Johanna und Michael, hinter ihn zu treten und still zu sein.

Wie eine riesige orangerote Scheibe begann die Sonne über den Horizont zu steigen. Johanna spürte die Wärme der Sonnenstrahlen auf ihrem Gesicht und schloss geblendet die Augen. Die Sonne ging hier viel schneller auf als in Deutschland, und das Licht war gleich sehr intensiv. Johanna hörte den alten Indianer leise in seiner Sprache reden.

»Er spricht ein Gebet für uns alle zu Beginn unseres Weges. Er dankt Gott für unser Leben und diesen Tag«, erklärte Michael flüsternd. »Er bittet um Schutz, während wir in den Bergen sind, und darum, dass Biba gesund wird. Er bittet darum, dass wir alle die rechte Absicht in unseren Herzen tragen und von allem, was uns ablenken könnte, gereinigt werden. Nichts soll dort geschehen außer Gottes Wille!«

Als Johanna die Augen wieder öffnete, sahen die Berge aus, als seien sie mit flüssigem Gold überzogen. Michael stieß Johanna sanft an und deutete zum Himmel. Es dauerte einen Augenblick, bis sie den Habicht sah. Hoch oben zog er einen Kreis über ihnen. Harvey sah Johanna an und lächelte. Da zerschnitt der schrille Schrei des Habichts die morgendliche Stille.

»Nun können wir uns auf den Weg machen«, sagte der Alte und schlug mit Biba am Halfter den gewundenen Pfad ein, der in die Berge führte.

Die heilende Quelle

Johanna und Michael gingen dicht hinter Harvey her. Sein Schritt war langsam und gleichmäßig, und sie gewannen schnell an Höhe. Der Weg führte durch einen lichten Tannenwald und schlängelte sich in Serpentinen den Bergrücken hinauf. Nachdem sie etwa eine Stunde gegangen waren, kamen sie an einen Felsvorsprung und hielten an. Unter ihnen lag, so weit das Auge reichte, die Mesa, nur unterbrochen von tief eingeschnittenen, zerklüfteten Cañons. Weit in der Ferne konnte man in einem leichten Dunst eine andere Gebirgskette ahnen. Der Himmel war blau, ohne eine einzige Wolke.

Harvey ließ Biba grasen.

»Findet ihr nicht, dass es Zeit fürs Frühstück ist?«, wandte er sich an Michael und Johanna.

»Ich dachte, du wolltest uns verhungern lassen!« Johanna lachte. Sie ging zu Biba hinüber. Sachte strich sie an ihren Beinen entlang.

Harvey beobachtete sie aufmerksam und begegnete Johannas Blick, als sie sich aufrichtete. »Nun, was hältst du vom Zustand ihrer Beine?«

»Sie fühlen sich nicht besonders warm an, auch die Gegend um die Narbe scheint relativ kühl.«

»Das ist gut«, sagte Harvey zufrieden. Er setzte sich auf einen Stein. »Nun wirst du ein indianisches Frühstück bekommen, Johanna. Hier oben essen wir nur traditionelle Speisen«, erklärte er und begann seinen Rucksack auszupacken. Als Erstes holte er eine Wasserflasche hervor und schraubte den Deckel ab. Dann nahm er sie behutsam in beide Hände und sprach ein kurzes Gebet, ehe er sie Johanna reichte. »Wir trinken vor jeder Mahlzeit einen Schluck Wasser«, sagte er. »Wasser ist eines der lebenswichtigen Dinge für uns. Unser Körper besteht zum Teil aus Wasser. Man kann relativ lange überleben, ohne zu essen, aber ohne Wasser verdurstet man sehr schnell. Nichts würde in unseren Gärten wachsen, ohne Wasser gäbe es keine Tiere und Pflanzen. Wasser hat die Fähigkeit, durch alle Lebewesen hindurch tief in die Erde zu gehen und wieder zum Himmel aufzusteigen, um als Regen zurückzukehren. So verbindet es Himmel und Erde, und darum ist es uns heilig. Wir sollten an diese Dinge denken, wenn wir vor der Mahlzeit zuerst einen Schluck Wasser zu uns nehmen!«

Johanna hörte genau zu. Harveys Gesicht war beim Sprechen ernst und konzentriert geworden. Nun holte er einen Plastikbehälter hervor, der blauen Pudding enthielt. Harvey verteilte den Pudding in drei flache Holzschalen und gab Johanna einen Löffel. Sie kostete vorsichtig und sah Harvey fragend an. Der Pudding schmeckte sehr viel besser, als sie erwartet hatte. Er war süß und hatte einen nussartigen Geschmack, den sie mochte.

»Wir kochen diesen Brei aus blauem Maismehl«, sagte der Alte. »Du weißt, dass wir indianischen Mais in vier Farben anbauen. Es gibt roten, gelben, schwarzblauen und weißen Mais. Diese Farben symbolisieren die Hautfarben der Menschen auf der Erde. Den Mais, den wir nun essen, habe ich in meinem Garten gezogen. Meine Frau hat ihn gemahlen, das Mehl geröstet und dann mit Ahornsirup gekocht.«

Biba graste in geringem Abstand bei einem Baumstumpf. Ein paar Bienen summten um die Gebirgsblumen, der Wind rauschte leise in den Tannenzweigen. Johanna fühlte, wie sie ruhiger wurde. Die Aufregung des frühen Morgens schien so weit hinter ihr zu liegen wie die Mesa.

Harvey gab ein Mus aus Beeren und einige Stücke Fleisch in ihre Schale. »Wir bemühen uns, ausgewogen zu essen. Damit meine ich keinen Diätplan mit Kalorieneinteilung«, fuhr er lächelnd fort, »sondern ein Gleichgewicht in unserer Beziehung zu den Elementen. Die Beeren repräsentieren die Früchte, die die Erde uns gibt, die Süße, die das Leben haben kann, die gesamte Pflanzenwelt. Das Fleisch repräsentiert das Tierreich, die vierbeinigen Lebewesen. Wir essen von keinem dieser Dinge im Übermaß, sondern achten darauf, durch sorgfältige Auswahl und Zubereitung unserer Speisen mit allem Lebendigen und den Elementen der Erde in Kontakt zu sein. So erinnern wir uns ständig daran, dass wir ein Teil des Ganzen sind und mit allem, was in dieser Welt ist und geschieht, verbunden sind. Ich sage dir das alles, weil du meine Nichte bist. Es ist wichtig, dass du dir dieser Dinge bewusst wirst und dich immer wieder daran erinnerst.«

Johanna sah Harvey nachdenklich an. »So habe ich noch nie über das Essen nachgedacht«, sagte sie. »Mir war bis jetzt nicht klar, dass es so eine Bedeutung haben kann.«

»Unsere Ernährung spielt eine große Rolle«, fuhr Harvey fort. »Besonders, wenn man jemandem helfen will und eine Aufgabe hat, so wie wir nun, ist es notwendig, selbst im Einklang und in Harmonie mit der Natur zu sein. Ich könnte Biba nicht helfen, wenn ich nicht beständig an mir arbeiten würde, um durch richtige Ernährung, geistige Übungen und bestimmte zeremonielle Verrichtungen im Einklang mit mir selbst und der Natur zu leben.«

Der alte Mann begann, seinen Rucksack zu packen. Er sah nach dem Stand der Sonne und erklärte: »Wir müssen weitergehen. Wir sollten die Quelle vor dem Abend erreichen!«

Während der folgenden Stunden betrachtete Harvey immer wieder prüfend die schwarze Stute. Er hielt einige

Male an, um sie ausruhen zu lassen und mit ihrem Bein zu üben. Er bewegte es sacht hin und her und rieb es mit dem Brei, den Johanna in der letzten Woche verwendet hatte, ein. Dann gingen sie wieder schweigend weiter. Allmählich lichtete sich der Wald, der Boden wurde felsiger, und Johanna spürte, dass die Luft dünner wurde.

Michael hatte seit dem Morgen kaum ein Wort gesprochen.

»Was ist denn los?«, fragte Johanna ihn schließlich.

»Ich bin einfach still«, sagte er. »Es ist lange her, seit ich das letzte Mal hier gewesen bin. Damals ging ich mit meinem Vater und mit meinem Bruder her. Sie leben beide nicht mehr. Und sie fehlen mir …«

Am späten Nachmittag langten sie an der Quelle an. Der Weg endete an einer steilen Felswand, aus der weit oben kristallklares Wasser sprudelte. Dort, wo es herunterrieselte, war der Fels abgeschliffen; das Gestein glänzte rötlich unter dem Wasser, und in den Mulden wuchs hellgrünes Moos. Am Fuß der Felswand hatte sich ein Becken gebildet, in dem sich das Wasser zu einem kleinen See sammelte. Von dort aus floss es in einem gewundenen Bach durch eine kleine Wiese zum Waldrand.

Harvey legte seinen Rucksack ab, er bedeutete Johanna und Michael mit einem Zeichen, das Gleiche zu tun und stehen zu bleiben. Langsam ging er zum Wasser und kniete nieder. Nach einer Weile tauchte er beide Hände hinein und benetzte Gesicht und Haar. Dann stand er auf und strich Johanna und Michael einige Tropfen des Quellwassers über den Kopf. »Führe Biba ans Wasser«, sagte er zu Michael.

Michael nahm das Seil und begann, mit Biba auf das Becken zuzugehen. Plötzlich blieb die Stute stehen und schnaubte misstrauisch. Michael sprach leise mit ihr und streichelte sie.

»Man darf sie zu nichts zwingen«, erklärte Harvey Johanna. »Sie muss von sich aus bereit sein, zur Quelle zu gehen. Wenn sie dort gegen ihren Willen, gar mit Gewalt hingetrieben würde, könnte sie die Heilkräfte der Quelle nicht aufnehmen, weil sie voller Widerstand und Angst wäre.«

Michael führte Biba bis an den Rand des Sees. Sie begann zu trinken und ging von selbst einige Schritte ins Wasser.

»Zieh Schuhe und Strümpfe aus, und roll deine Hosen hoch«, wies Harvey Johanna an. »Dann geh zu Biba ins Wasser und wasch vorsichtig den Wurzelbrei von der Wunde!«

Johanna schauderte, als sie ins Wasser trat. Es war eiskalt, aber sie stellte sich tapfer neben Biba und begann das Bein der Stute abzuwaschen. Der Grund des Sees war felsig, man konnte den Boden klar sehen. Von der Anstrengung des langen Aufstiegs war die Narbe geschwollen und pochte, als Johanna sie berührte. Nachdem alles sorgfältig abgewaschen war, blickte sie fragend den alten Mann an.

»Nimm das Seil und führe sie dort hinüber«, sagte er und deutete auf eine Stelle, an der die Wiese ein Stück in das Rund des Sees hineinragte. Dort war das Wasser so tief, dass Biba bis knapp unterhalb des Bauches im Wasser stand. »Setz dich dorthin und halte Biba eine Weile, Michael und ich werden das Abendessen zubereiten«, erklärte Harvey.

Bald brachte Michael eine Decke und setzte sich mit dem Abendessen zu ihr. »Wo ist Onkel Harvey?«, fragte Johanna.

»Es gibt bestimmte Aufgaben, die er zu erfüllen hat, weil er um Hilfe für Biba bittet. Ich kann nicht darüber sprechen«, antwortete er leise. »Es sind Dinge, die er allein tun muss.«

Biba stand reglos im Wasser, sie schien die Kühle um ihr Bein zu genießen. Allmählich verblasste das Abendrot am Himmel. Die ersten Sterne blinkten, und in der sich schnell herabsenkenden Dämmerung sahen sie den Wald kaum mehr. Der kleine See war nun dunkel, seine Oberfläche wirkte wie ein schwarzer Spiegel.

Johanna und Michael saßen still beieinander. Sie hatten nicht das Bedürfnis, in die abendliche Stille hinein zu sprechen.

Plötzlich lief es Johanna kalt den Rücken hinunter. Sie drehte sich schnell um und zuckte vor Schreck zusammen. Im Dunkel hinter ihr stand eine große, schwarze Gestalt. »Ich bin es«, sagte Harvey und trat einige Schritte auf sie zu.

»Mein Gott, ich hab mich so erschrocken!« Johanna lachte erleichtert. »Im ersten Moment hatte ich das Gefühl, du seist ein riesiger Bär, der schon auf den Hinterbeinen steht, um über mich herzufallen und mich zum Abendessen zu verspeisen. Wie hast du es gemacht, dich so leise heranzuschleichen? Ich hab dich nicht kommen hören!«

»Auch das ist ein alter Indianertrick«, erwiderte Harvey zufrieden. Er kniete sich neben Johanna und Michael ins kühle Gras und beobachtete Biba, die nach wie vor das Bad in dem kalten Wasser zu genießen schien. Endlich sagte er zu Johanna: »Gib mir einmal deine Hand!«

Verwundert streckte Johanna den Arm aus, und Harvey schob schnell ein kleines rundes Päckchen zwischen ihre Finger. »Lakritze!«, rief Johanna und lachte.

»Das ist die traditionelle indianische Nachspeise«, meinte Michael und grinste.

»Es ist bestimmt auch die uralte Sitte deiner Großväter, dass ich dir nun die Hälfte abgeben muss, stimmt's?«, fragte Johanna übermütig.

»Genauso ist es!« Michael nickte lachend.

Harvey saß im Dunkel und schwieg. »Ehe du schlafen gehst, möchte ich dir ein Märchen erzählen«, sagte er dann zu Johanna. »Vielleicht hast du dich schon einmal gefragt, woher es kommt, dass so viele Menschen Pferde lieben. Wir Cheyenne-Indianer haben eine Legende, die berichtet, wo die Pferde herkamen. Vielleicht hilft sie dir, besser zu verstehen, warum Pferde ganz besondere Lebewesen sind und weshalb wir Indianer ihnen mit so viel Respekt begegnen.«

Der Mond ging langsam über den Baumwipfeln auf und zauberte einen sanften Schimmer auf den dunklen Spiegel des Sees. Auch Bibas schwarzes Fell war wie von flüssigem Silber überzogen. Harvey setzte sich zurecht und begann, leise zu erzählen.

»Vor vielen, vielen Monden lebte ein Indianerjunge, der Singender Vogel hieß. Er war anders als die übrigen Kinder seines Stammes. Er war stiller, viel kleiner und auch schwächer als die anderen Jungen. Bei ihren wilden Spielen konnte er nicht mithalten, und die anderen lachten ihn aus und hänselten ihn. So kam es, dass er meist allein war. Singender Vogel verstand nicht, warum die Kinder ihn auslachten. Es machte ihn traurig, denn er mochte sie und hätte gern mit ihnen gespielt. Sein Großvater war der Einzige, der ihn verstand.

›Du bist ein gesegneter Junge, Singender Vogel, mach dir nichts aus dem Spott. Der Große Geist hat etwas ganz Besonderes mit dir vor. Du musst nur zu ihm gehen, mit ihm sprechen und ihm deine Sorgen erzählen!‹

So ging Singender Vogel jeden Tag auf einen Hügel und sprach zum Großen Geist. Oft saß er lange und lauschte auf eine Antwort, aber alles blieb still, nur der Wind rauschte in den Zweigen der Bäume.

Dennoch kam Singender Vogel jeden Tag aufs Neue an die gleiche Stelle; von dort konnte er auf sein Dorf hinunterblicken. Er begann, sich zu fragen, was dort fehlte, was sein Volk brauchen könnte, denn er liebte die Menschen.

Er bemerkte viele Dinge. Ihm fiel auf, dass die Alten und Kranken Hilfe brauchten, und er bemühte sich, ihnen das Leben zu erleichtern, so gut er konnte. Er freute sich über jedes Lächeln, das ihm jemand schenkte.

Eines Tages wurde Singender Vogel krank, und kein Medizinmann konnte ihm mehr helfen. Da trug sein Großvater den Knaben auf den Hügel, den er so liebte, denn er wusste, dass der Große Geist ihn bald zu sich holen würde.

Früh am Morgen, als der Großvater sich verabschiedet hatte, kam der Große Geist und fragte Singenden Vogel, ob er noch einen Wunsch habe.

›Ich möchte ein Tier sein‹, bat der Junge. ›Es soll ein schönes Tier sein, das mein Volk lieben und respektieren wird. Es soll einen feurigen Geist haben und doch sanftmütig und edel sein. Und es muss groß sein und stark, damit es die Menschen tragen und ihnen helfen kann, schwere Lasten zu bewegen. Gib, dass es leichtfüßig sein wird wie eine Gazelle und schnell wie der Wind. Lass es ein mutiges Herz haben, Großer Geist, damit es den Menschen bei der Jagd helfen kann!‹

Als der Große Geist das hörte, lächelte er und sprach: ›Von nun an wirst du dieses Tier sein, Singender Vogel. Du wirst über die Erde wandern und den Menschen helfen und ihnen Freude bereiten. Ich werde dich in zwei dieser Tiere verwandeln und dir den Namen Pferd geben. Dein Großvater wird kommen und nach dir suchen; er ist ein weiser Mann und wird verstehen, was geschehen ist!‹

Als der alte Mann die beiden Pferde auf dem Hügel fand, dankte er dem Großen Geist, denn er wusste, dass das Leben auf der Erde durch die Liebe eines Jungen von nun an schöner und reicher sein würde.

Wenn der Wind weht und der Regen rauscht, kannst du manchmal die donnernden Hufe der Pferde am Himmel hören. Dann erinnere dich an Singenden Vogel, der die

Menschen so liebte, dass selbst der Große Geist daran Gefallen fand.«

Als Harvey seine Erzählung beendet hatte, saßen Johanna und Michael eng beieinander. Das Wasser plätscherte leise, wenn Biba sich bewegte, und ein sanfter Lufthauch strich über das Tal. Der Mond stand schon hoch am Himmel, als Harvey zu Johanna sagte: »Erinnerst du dich, was ich deinem Vater geantwortet habe, als er fragte, ob es nicht zu viel Mühe sei, mit Biba hierherzukommen?«

Johanna nickte, und der alte Mann fuhr fort: »Damals habe ich ihm nur einen Grund genannt. Der andere liegt in dieser Geschichte. Pferde sind durch die Gnade Gottes und die Liebe eines kleinen Jungen entstanden – und durch die Art und Weise, wie wir mit ihnen umgehen, danken wir Gott für sie. Gehen wir schlecht und verantwortungslos mit ihnen um, so ist es, als verachteten wir den Großen Geist und seine Schöpfung ... Und auch wir selbst sind seine Schöpfung. Denk einmal darüber nach. Heute Nacht werden Michael und ich Wache bei Biba halten. Du kannst dich ausruhen.«

»Werdet ihr die ganze Nacht wach bleiben?«, fragte Johanna.

»Ja«, erwiderte Harvey. »Biba soll eine Zeit lang im Wasser stehen und dann einige Schritte gehen, um die Blutzirkulation anzuregen. Außerdem gibt es einiges, was ich mit Michael besprechen will. Wir hatten in der letzten Zeit wenig Gelegenheit dazu.«

»Wo soll ich schlafen?«, wollte Johanna wissen.

»Ich zeige es dir«, sagte Harvey. Er stand auf. In einiger Entfernung hatte er unter einem Baum ein weiches Lager aus Zweigen und Blättern bereitet. »Darauf kannst du deinen Schlafsack legen«, erklärte er. »Du wirst sehen, es ist mindestens so bequem wie dein Bett zu Hause.«

Johanna rollte ihren Schlafsack aus und setzte sich darauf. »Es ist merkwürdig, im Freien zu schlafen«, sagte sie leise.

»Hier bist du gut aufgehoben«, beruhigte sie Harvey. »Falls du nachts aufwachen solltest und uns brauchst, kannst du uns rufen – wir sind in der Nähe.«

»Gute Nacht, Onkel Harvey«, sagte Johanna. »Und Danke für die schöne Geschichte, die du erzählt hast. Ich werde sie nie vergessen!«

»Gute Nacht, Johanna«, erwiderte Harvey und strich ihr sanft über den Kopf. Dann erhob er sich schnell und verschwand lautlos in der Dunkelheit.

Johanna lag noch lange wach und schaute in den Sternenhimmel. Über ihr bewegten sich die Äste im Wind, der Bach murmelte leise, und die Sterne funkelten. Von der Quelle klangen die gedämpften Stimmen der beiden Männer herüber. Nach einer Weile begann Michael zu singen. Es war eine einfache Melodie. Sie klang wehmütig. Bald war Johanna eingeschlafen.

Der Wächter der Berge

Am nächsten Morgen erwachte Johanna früh. Leise stand sie auf und lehnte sich an den Baumstamm. Versonnen blickte sie zum See hinüber. Feiner Frühnebel hüllte die Wiese, den Wald und die steile Felswand ein. Undeutlich sah sie die dunkle Gestalt Bibas und vor ihr, in Decken gehüllt, Michael und Harvey. Bald brachen die ersten Sonnenstrahlen durch das Grau der Dämmerung. Sie ließen den Nebel tanzen und leuchten und lösten ihn schnell auf.

Als Johanna zu Michael und Harvey ging, glitzerte der Tau wie Diamanten auf Blättern und Gräsern. Das Wasser des Sees funkelte im ersten Sonnenlicht. Die Vögel sangen, und die Bienen begannen zu summen.

»Guten Morgen, Johanna!«, rief Michael und küsste sie.

»Seid ihr nicht müde?«, fragte Johanna erstaunt, als sie die vergnügten Gesichter der beiden sah. »Ich glaube euch nicht, dass ihr die ganze Nacht nicht geschlafen habt«, sagte sie lachend.

»Ist alles Übungssache«, erwiderte Harvey und lachte auch.

»Bestimmt einer deiner alten Indianertricks, stimmt's?«, neckte Johanna den alten Mann. Dann begrüßte sie Biba und strich ihr liebevoll durch die Mähne. »Wie geht es dir heute Morgen, meine Schöne?«, fragte sie die Stute.

Biba schnaubte und rieb den Kopf an Johannas Schulter.

»Führe sie auf die Wiese«, sagte Harvey. Er gab Johanna das Seil.

Biba folgte ihr gehorsam und begann sofort mit großem Appetit zu grasen.

»Ihr Bein ist nicht mehr geschwollen!«, rief Johanna verblüfft.

»Ich habe dir doch erzählt, dass an dieser Stelle schon viele Menschen und Tiere gesund geworden sind«, erklärte der alte Indianer. »Hast du mir nicht geglaubt?«

»Ich habe es versucht, aber fest daran geglaubt habe ich nicht. Ich hatte Zweifel. Ich hatte auch Angst, dass die Quelle Biba nicht helfen würde.«

Harvey schüttelte den Kopf. »Du solltest mehr Vertrauen haben«, brummte er. »Meinst du, ich würde dir etwas erzählen, was nicht stimmt? Wenn ich dir etwas sage, kannst du es mir glauben.«

Bald saßen sie beim Frühstück. Johanna hatte Hunger. Im Stillen dankte sie Margret für den guten Maispudding.

»Später gehen wir ein Stück spazieren«, schlug Harvey vor. »Michael wird solange bei Biba bleiben.«

Nachdem sie ihre Schalen ausgespült und zum Trocknen in die Sonne gestellt hatten, machten sich Johanna und Harvey auf den Weg. »Ich werde dir einen Ort mit einem besonders schönen Ausblick zeigen«, erklärte der Indianer. »Ich möchte, dass wir nicht sprechen, bis wir dort angelangt sind.«

Johanna genoss die Stille der Berge, die Sonne und die frische Luft. Sie gingen beständig bergauf, und schon bald verengte sich der Weg zu einem schmalen Pfad. Unerwartet nahm er eine scharfe Wendung und endete auf einem felsigen Plateau.

Dort bot sich der wunderbarste Ausblick, den Johanna je gesehen hatte. Zu ihrer Rechten erhob sich ein gewaltiger, halbrunder Felsblock, der sie an einen Elefantenrücken erinnerte. Darunter breitete sich wie ein gemusterter Teppich der Wald in verschiedenen Grüntönen aus. Ein breiter Fluss und ein See glitzerten in der Ferne. Von den Ausläufern der Berge erstreckte sich die Mesa bis zum Horizont.

Die große, rötliche Ebene war von tiefen Cañons durchschnitten, sie wirkten wie große Risse in der Oberfläche des gewaltigen Talbodens. Hoch oben flogen schwarz glänzend zwei Raben.

Lange standen Johanna und Harvey regungslos und sahen über die Wälder, Täler und Schluchten. Johanna war froh, dass sie nicht sprachen. Worte hätten hier nur gestört.

Nach einer Weile wandte sich Harvey zu ihr um und sah sie lächelnd an. Dann bedeutete er ihr mit einer Kopfbewegung, dass es Zeit zum Gehen war. Vorsichtig kletterten sie den steinigen Pfad talwärts. Bald gelangten sie auf einen breiten, bemoosten Waldweg. Plötzlich blieb Harvey stehen. Etwa zehn Meter vor ihnen knackte und krachte es im Gebüsch, dann trat ihnen ein großer Bär brummend in den Weg.

Johanna erstarrte vor Schreck. Sie brachte keinen Laut heraus, verspürte nur den heftigen Impuls, sich umzudrehen und fortzulaufen, so schnell sie konnte.

Aber Harvey hielt sie am Arm. Er wandte seinen Blick nicht von dem Bären. Leise sagte er zu ihr: »Hab keine Angst, Kind. Es ist ein freundlicher Bär. Geh ganz, ganz langsam ein paar Schritte rückwärts, und warte dort auf mich!«

Der Bär schwankte sachte hin und her und brummte noch immer. Sein Fell war dunkelbraun und zottig, an seinen großen Tatzen sah Johanna lange, gebogene, scharfe Krallen. Er hielt den Kopf gesenkt und starrte Harvey unverwandt und regungslos an.

Der alte Indianer trat einen Schritt zurück und begann leise zu sprechen. Johanna vermochte nicht zu sagen, ob er sprach oder sang; seine Worte bildeten eine Art Melodie. Und nach einer Weile schien es, als wiege sich der große Bär im Takt dazu. Oder hatte Harvey die Melodie zum Takt des Hin- und Herwiegens des Bären gefunden? Es sah so aus, als ob die beiden miteinander tanzten, und Johannas Angst legte sich. Wie gebannt beobachtete sie das merkwürdige Schauspiel.

Allmählich wurde Harveys Stimme leiser und leiser, bis er schließlich ganz verstummte. Der Bär hielt in der Bewegung inne. Er legte den Kopf zur Seite, drehte sich langsam um und trottete mit einem tiefen Brummen durch das Gebüsch davon.

Harvey ging zu Johanna. Er legte ihr den Arm um die Schultern und lachte. »Das war ein gutes Zeichen! Nun weiß ich mit Sicherheit, dass Biba wieder gesund werden wird«, sagte er froh.

»Ein gutes Zeichen?«, fragte Johanna. Sie schüttelte verständnislos den Kopf. »Wir haben es mit viel Glück vermieden, von diesem Riesentier gefressen zu werden ... Aber wie kommst du darauf, dass Biba jetzt gesund werden wird?«

Während sie langsam weitergingen, begann Harvey zu sprechen. »Bären sind weise Tiere, die über Heilkräfte verfügen. Auch in europäischen Märchen tauchen sie meist als besondere Gestalten auf; oft sind es auch verwunschene Prinzen, die Tiergestalt angenommen haben. Wir Indianer achten und respektieren die Bären. Dies hier ist ihr Gebiet. Zuerst bin ich einen Schritt zurückgetreten, um respektvoll zu sein. Dann habe ich mich für unsere Anwesenheit entschuldigt, dem Bären den Grund unseres Aufenthalts erklärt und ihn um Erlaubnis gebeten, weitergehen zu dürfen. Denn die Bären sind die Wächter dieses Teils der Berge.«

»Woher weißt du, wie man mit einem Bären sprechen muss?«, wollte Johanna wissen.

»Mein Urgroßvater und mein Großvater haben schon Menschen und Tieren geholfen, wieder gesund zu werden. Sie haben meinem Vater ihr Wissen weitergegeben, und er hat's mich gelehrt. Außerdem heiße ich nicht umsonst Harvey Kleiner Bär«, sagte er schmunzelnd.

»Und du meinst wirklich, der Bär hat verstanden, was du ihm erzählt hast?«, fragte Johanna ungläubig.

»Aber natürlich! Du sprichst ja auch mit deinem Hund oder mit Biba. Wenn man sich auf sie konzentriert, können Tiere durchaus verstehen, was man ihnen sagen will. Braunbären sind außerdem sehr friedliebende Tiere, die nur gefährlich werden, wenn sie sich bedroht fühlen. Aber der Bär wusste, dass wir seine Freunde sind und einen Grund haben, hier zu sein. So hat er sich einverstanden erklärt. Er wollte uns wahrscheinlich nur willkommen heißen.«

Johanna dachte eine Weile nach. »Onkel Harvey«, platzte sie dann heraus, »kennst du das Märchen von Schneeweißchen und Rosenrot?«

Harvey schüttelte den Kopf.

»Dann werde ich es dir erzählen. Es handelt nämlich auch von einem Bären«, sagte Johanna eifrig. »Es war einmal ...«, begann sie. Und während sie langsam zur Quelle zurückgingen, erzählte Johanna das Märchen von den beiden Schwestern und dem großen Bären, und der alte Indianer hörte aufmerksam zu.

Als sie zur Quelle zurückkamen, setzten sie sich zu Michael und Biba und erzählten von der Begegnung mit dem Bären. Michael lachte, als er hörte, wie sehr Johanna erschrocken war. Er erzählte: »Ich bin genauso entsetzt gewesen, als ich mit meinem Vater früher einmal einen Wolf hier in den Bergen getroffen habe. Mir wurde ganz unheimlich zumute, als er plötzlich vor uns stand und uns aus seinen gelben Augen anstarrte und knurrte, als wollte er uns mit Haut und Haaren fressen!«

»Hat dein Vater dann auch mit ihm gesprochen?«, fragte Johanna begierig.

Michael nickte. »Ja, das hat er, und der Wolf verschwand schnell.«

Harvey hatte sich von den beiden abgewandt und blickte Biba forschend an. »Sie sollte schwimmen«, murmelte er halblaut bei sich.

Es war ein sonniger Nachmittag, aber Johanna wusste, wie eiskalt das Wasser des Sees war, und fragte vorsichtshalber nicht weiter.

»Johanna«, rief Harvey, als sie Biba später striegelte, »kannst du schwimmen?«

»Ja, klar«, antwortete Johanna, die ahnte, was ihr nun bevorstand.

Harvey fragte weiter: »Bist du schon einmal mit einem Pferd geschwommen?«

Johanna schüttelte den Kopf. »Nein«, sagte sie schnell. »Ich würde mich auch sicher ziemlich dumm dabei anstellen!«

»Na, dann wird es Zeit, dass du es lernst«, sagte Harvey unerschütterlich.

Michael zwinkerte Johanna zu.

»Nun, ich meine es ernst«, fuhr Harvey fort. »Aber wenn es dir zu kalt ist, musst du natürlich nicht mit Biba ins Wasser gehen. Es wäre nur gut für sie, zu schwimmen. Sie könnte das Bein unbelastet bewegen und würde ganz in den See eintauchen.«

Johanna überlegte. »Gut«, sagte sie schließlich. »Du musst mir aber genau zeigen, was ich tun soll.«

»Es ist nicht schwer und dauert auch nicht lange. Du reitest Biba ohne Sattel ins Wasser und einfach immer tiefer hinein, bis sie schwimmen muss. Dann hältst du dich an der Mähne fest und lässt dich mitziehen. Die einzige Gefahr dabei ist, dass du deine Beine zu tief hältst und von ihr versehentlich geschlagen wirst, denn sie muss schnell mit den Hufen rudern, um vorwärtszukommen.«

»Ich habe keinen Badeanzug dabei«, fiel Johanna hoffnungsvoll ein.

»Behalte dein T-Shirt und die Unterwäsche an«, sagte Harvey unbeeindruckt.

Johanna zog sich aus und führte Biba an das Ufer des Sees. Sie schauderte, als sie an das kalte Wasser dachte, doch sie versuchte sich fest auf Biba zu konzentrieren. »Das Wichtigste ist, dass du wieder gesund wirst«, flüsterte sie ihrer Stute ins Ohr und schwang sich schnell auf ihren Rücken.

»Sieh zu, dass du genau in der Mitte des Sees bleibst!«, rief Harvey. »Dann kommst du an eine flache Stelle am anderen Ufer. Bleib dicht über ihrem Rücken, und halte die Beine oben!«, erinnerte er Johanna nochmals.

Sie drückte sachte ihre Unterschenkel an, und die Stute ging willig ins Wasser. Bald erreichte das Wasser Johannas Füße, und als es Biba bis zum Hals reichte, blieb die Stute stehen.

»Es ist wirklich kalt, Biba«, sagte Johanna. »Aber wir müssen weiter!« Sie trieb die Stute entschlossen vorwärts. Nach ein paar Schritten schlug das Wasser über Bibas Rücken zusammen, und sie schwamm. Johanna hielt sich in der Mähne fest und ließ sich mitziehen. Sie war erstaunt, wie leicht ihr das fiel. Es gelang ihr sogar, Biba mit einer Hand zu lenken, als sie etwas von der Mittellinie abkam. Johanna spürte plötzlich keine Kälte mehr, sie war so auf ihre Aufgabe und auf Biba konzentriert, dass sie an nichts anderes mehr dachte.

Plötzlich spürte sie, dass Biba wieder Boden unter den Hufen hatte, und klammerte sich mit den Knien an ihrem Rücken fest, um nicht abzurutschen. Dann hielt sie die Stute an und klopfte ihr den Hals. »Das hast du gut gemacht!«, lobte sie. »Brav! Komm, wir schwimmen wieder zurück, das tut dir sicher gut«, sprach sie weiter auf die Stute ein.

Biba schien gern zu schwimmen. Sie bewegte sich gleichmäßig und hielt den Kopf aus dem Wasser, um die Richtung sehen zu können, in die sie schwamm. Johanna verspürte unvermittelt den Wunsch, nach oben zu blicken. Als sie es tat, sah sie einen großen, rotgefiederten Habicht, der langsam über dem See kreiste. Die Sonne ließ seine Federn in tiefem Orangerot leuchten, und für einen Augenblick wirkte der große Vogel wie durchsichtig im Licht.

Es gab einen Ruck, als Biba wieder Boden unter sich spürte. Schnell zog sich Johanna an Bibas Widerrist und hielt sich in der Mähne fest, um auf dem Pferderücken zu bleiben. Biba schüttelte sich ausgiebig. Johanna glitt nach ein paar weiteren Schritten wieder ins Wasser, um Bibas Bein nicht zu belasten, während sie ans Ufer watete.

»Es ist gut«, lobte Harvey sie. »Ich bin zufrieden mit dir!« Er gab Johanna ein großes, raues Handtuch. »Lauf schnell zu deinem Schlafsack und reibe dich kräftig ab. Zieh dir trockene Kleider an und lauf ein paarmal um den See.«

»Mir ist gar nicht kalt!«, rief Johanna. Aber dann spürte sie, dass sie vor Kälte zitterte. Sie lief zu ihrem Schlafsack. Ihre Haut wurde rot und begann zu prickeln, während sie sich abtrocknete. Als sie sich umgezogen hatte und einige Runden um den See gelaufen war, fühlte sie sich wunderbar.

Der Nachmittag verging. Es war sehr ruhig. Michael und Harvey schliefen. Johanna war bei Biba, deren Fell in der Sonne schnell getrocknet war. Sie ließ die Stute abwechselnd im Wasser stehen und auf der Wiese grasen. Biba trat ohne Zögern mit dem verletzten Bein auf. Die Knochen und Gelenke waren klar und deutlich zu sehen, die Schwellung war zurückgegangen. »Ich bin so froh, dass du wieder gesund wirst«, flüsterte Johanna der Stute zu. »Bald machen wir einmal einen langen Ausritt in die Berge, und du zeigst mir, wo du aufgewachsen bist!«

Biba stieß Johanna spielerisch mit dem Maul an und fraß zufrieden weiter.

Abends kam Harvey herüber und untersuchte Biba sorgfältig. »Ich bin sehr zufrieden«, stellte er fest. »Heute Nacht halten wir zusammen Wache, und Michael wird schlafen!«

Nachdem sie gemeinsam zu Abend gegessen hatten, gingen Harvey und Johanna zu Biba hinüber. Michael strich Johanna leicht über die Haare und küsste sie. »Gute Nacht!«, sagte er und schritt langsam auf den Waldrand zu.

Harvey und Johanna hüllten sich in ihre Wolldecken und setzten sich ins weiche Gras. Sie sahen, wie der Mond silbern über den dunklen Wipfeln der Bäume aufstieg.

»Ich habe gestern Nacht lange mit Michael gesprochen«, begann Harvey. »Er fragte mich um Rat, ob er die Schule wechseln solle. Ich meine, er sollte das Stipendium annehmen. Ich bitte dich auch, ihn darin zu unterstützen und es ihm nicht schwer zu machen, zu gehen. Michael war lange Zeit schwermütig. Er lebte zurückgezogen und war misstrauisch allem gegenüber. Der Tod seines Bruders und seines Vaters waren sehr schmerzlich für ihn. Seit er dich kennt, hat er sich verändert; er lacht wieder und ist fröhlicher und aufgeschlossener geworden.«

»Ich mache mir trotzdem Sorgen um ihn«, sagte Johanna. »Manchmal frage ich mich, ob er nicht doch noch ab und zu heimlich trinkt. Glaubst du, dass er wirklich nicht wusste, dass die Flasche in seinem Rucksack war?«

»Ich weiß es nicht. Es ist auch nicht wichtig. Versuche nicht, Michael zu kontrollieren. Er muss lernen, mit sich selbst ehrlich zu sein. Du musst dir darüber im Klaren sein, dass Michael, was Alkohol betrifft, gefährdet ist und dass er es noch lange bleiben wird.«

Johanna nickte beklommen.

»Aber die Situation ist nicht hoffnungslos«, fuhr Harvey fort. »Michael wird lernen zu leben, ohne zu trinken. Deshalb geht er zu den Treffen der Anonymen Alkoholiker, dieser Selbsthilfegruppe für alkoholkranke Menschen. Nach allem, was er mir davon erzählt hat, findet er dort viel Unterstützung und die Hilfe, die er braucht. Wir beide können Michael nicht ändern. Der Wunsch, sich zu ändern, muss aus seinem Herzen kommen, dann können wir ihn unterstützen. Er braucht dich, Kind, wenn er auf die Akademie geht.«

»Aber was kann ich denn für ihn tun, wenn er so weit fort ist?«, fragte Johanna bedrückt.

»Du kannst ihm schreiben und ihn anrufen, ihm zeigen, dass du an ihn denkst und ihn nicht vergisst!«

»Ich habe ihm selbst dazu geraten«, sagte Johanna, »obwohl ich ihn sehr vermissen werde. Natürlich werde ich ihn nicht vergessen, Onkel Harvey.«

»Davor hat Michael aber Angst, Johanna. Ich weiß, dass es nicht leicht sein wird für euch beide, aber ich glaube, dass eure Zuneigung die Entfernung überbrücken kann. Du weißt, dass Margret und ich immer für euch da sind, wenn ihr Hilfe braucht!«

Johanna nickte. »Danke, Onkel Harvey. Ich werde es nicht vergessen!«

Biba schnaubte. Sie kam näher und begann, an Johannas Decke zu knabbern. Harvey lächelte und begann, leise zu singen. Stundenlang erzählte er Johanna später Geschichten. Dann wieder schwiegen sie. Wenn Johanna allzu müde wurde, stand sie auf und tauchte ihre Hände ins kalte Wasser des Sees. Sie benetzte ihr Gesicht und führte Biba im Mondlicht auf der Wiese herum.

»Ich bin gar nicht so müde, wie ich mir vorgestellt hatte!«, rief Johanna, als sie sah, dass der Morgen graute.

»Du hast eine Aufgabe und sitzt nicht nur zum Vergnügen hier!«, erklärte der alte Mann. »Das gibt dir die Kraft, Dinge zu tun, die du sonst nicht tun könntest!«

Als das Morgenlicht in das kleine Tal schien, führte Johanna Biba wieder auf die Wiese.

Harvey rieb ihr Bein trocken. »Schau dir die Narbe an, Johanna!«, sagte er ernst.

»Die Haare beginnen nachzuwachsen!«, stellte sie überrascht fest. Wie ein feiner Flaum bedeckten die neuen Haare die ganze Breite der Narbe. Johanna umarmte das Pferd glücklich. Plötzlich fiel die Anspannung der Nacht von ihr ab; sie wurde sehr müde.

»Gleich nach dem Frühstück kannst du dich ausruhen. Michael wird sich um Biba kümmern«, sagte Harvey.

»Das klingt gut«, sagte Johanna und gähnte.

Sie erwachte, weil sie etwas an der Nase kitzelte. Sie sah nur einen großen schwarzen Kopf über sich und erschrak. Dann erkannte sie Biba und ließ sich erleichtert in ihren Schlafsack zurückfallen.

Michael lachte und setzte sich zu ihr. »Ich hätte nicht geglaubt, dass sie dich erschrecken könnte«, sagte er und seine Augen blitzten übermütig. »Eigentlich wollte ich dich sanft wecken, weil Biba dir etwas sagen will!«

»Was willst du denn, Biba?«, fragte Johanna und strich der schwarzen Stute über die Nüstern.

»Ich übersetze es dir!« Michael lachte. »Sie sagt: Johanna, du hast den ganzen Morgen und den halben Nachmittag geschlafen, nun ist es höchste Zeit für ein erfrischendes Bad! Ich warte schon seit Stunden darauf, dass du aufwachst, um mit mir schwimmen zu gehen.«

»Na, dann will ich dich nicht länger warten lassen!« Johanna lachte und kroch aus ihrem Schlafsack. Sie lief zum See. »Dir würde ein bisschen Wasser auch nicht schaden! Aber du traust dich ja doch nicht!«, rief sie Michael zu.

»Glaubst du wirklich, dass ich mich nicht traue?« Michael kam mit Biba zum Ufer. »Das wollen wir sehen! Wetten, dass ich schneller im Wasser bin als du?«

Aber Johanna hatte sich schon auf Bibas Rücken geschwungen und ritt in den See. Biba begann gerade zu schwimmen, da tauchte Michael prustend neben ihnen auf und schleuderte mit einer raschen Kopfbewegung seine langen Haare aus dem Gesicht. »Du warst genauso schnell wie wir!«, rief Johanna fröhlich. »Also unentschieden!«

Michael schwamm neben Biba, und Johanna ließ sich ziehen. Sie holte weit aus und spritzte einen Wasserschwall zu Michael hinüber.

»Halt!«, rief da Harvey vom Ufer aus. »Ihr seid hier nicht im Schwimmbad! Achtet auf Biba – sie darf kein Wasser in die Ohren kriegen! Sonst verliert sie den Gleichgewichtssinn und ertrinkt.«

Johanna sah Michael erschrocken an. »Das habe ich nicht gewusst!« Sie klopfte Biba den Hals. »Entschuldige, dass ich nicht aufgepasst habe! Jetzt bin ich wieder ganz bei der Sache!«

Als sie wieder am Ufer waren, wartete der alte Mann auf sie. Johanna sah ihn unsicher an. »Bist du böse mit uns, Onkel Harvey?«, fragte sie.

Der alte Mann schüttelte den Kopf. »Nein, Johanna, ihr seid beide jung, und es waren anstrengende Tage für euch. Ich kann verstehen, dass ihr übermütig werdet. Aber dann muss ich euch eben an unsere Aufgabe erinnern. Ihr dürft das nicht vergessen und eure Verantwortung für die Stute nicht auf die leichte Schulter nehmen!«

Der Tag verging schnell. Nach dem Abendessen setzten sich die beiden Indianer zu Biba, um Nachtwache bei ihr zu halten.

Johanna hatte schon Gute Nacht gesagt und sich in ihren Schlafsack gerollt. Da stand Michael auf und kam zu ihr herüber. Er setzte sich neben sie und nahm ihre Hand. Er wirkte bedrückt und schaute an Johanna vorbei in den Wald. »Kannst du verstehen, dass ich das Stipendium annehme?«, fragte er schließlich.

»Natürlich, Michael!«, sagte Johanna und drückte seine Hand. »Ich fände es schlimm, wenn du dein Talent verkümmern lassen würdest. Du wirst sehen, dass wir uns deswegen nicht verlieren. Ich vergesse dich bestimmt nicht!« Sie umarmte ihn.

Michael atmete auf. »Ich bin froh, dass du mich verstehst. Ich habe immer wieder über alles nachgedacht und konnte mich nicht entschließen. Vielleicht fürchte ich mich auch vor dem Neuen ...« Er verstummte. Endlich küsste er Johanna auf das Haar. »Schlaf gut. Ich gehe zurück zu Onkel Harvey!« Er zog etwas aus der Tasche und gab es Johanna. »Die traditionelle indianische Nachspeise!« Er lächelte. »Mit einem Gruß von Onkel Harvey!«

Johanna wickelte die Lakritze aus dem Papier und gab Michael die Hälfte. Sie lag noch eine Weile wach, nachdem er gegangen war. Sie fühlte sich geborgen unter dem Baum und nicht mehr so unbehaglich in der Dunkelheit wie in der ersten Nacht. Die Geräusche des Waldes und der Tiere begannen, ihr vertraut zu werden, und sie lauschte dem leisen Plätschern der Quelle, bis sie einschlief.

Am nächsten Morgen machten sie sich nach dem Frühstück auf den Heimweg. Vorher verstreute Johanna alle Zweige ihres Lagers im Wald, sodass nicht mehr zu sehen war, wo sie gerastet hatten.

»Wir wollen alles so hinterlassen, wie wir es vorgefunden haben«, sagte Harvey. Dann gab er Johanna etwas Tabak, Michael ein Säckchen Maismehl. »Ich möchte, dass ihr – jeder für sich – eine symbolische Gabe an diesem Ort hinterlasst, um euch zu bedanken. Sucht euch eine Stelle, die ihr mögt, und sprecht ein kurzes Gebet. Dankt Gott für die gute Zeit hier, für die Luft und das Wasser und dafür, dass ihr hier geschlafen habt und dass es Biba besser geht. Lasst als Zeichen eurer Dankbarkeit etwas zurück, denn wir alle haben viel bekommen!«, schloss er ernst.

Johanna nahm Biba am Zügel und ging zu der Stelle, wo sie geschlafen hatte. Sie dachte noch einmal an alles, was sie hier erlebt hatte, an den Sternenhimmel, die Begegnung mit dem Bären, die ersten Sonnenstrahlen im Frühnebel und den funkelnden Tau auf den Gräsern. Dann legte sie behutsam ihren Tabak unter den Baum, der seine Äste und Blätter schützend über sie gehalten hatte, und dankte auch ihm im Stillen.

Harvey lächelte Johanna zu, als sie zurückkam. Er füllte die Feldflasche mit klarem Wasser aus der Quelle und beobachtete Biba scharf, als sie die ersten Schritte tat. Sie wollten gerade das Tal verlassen, da erklang weit oben in den Bergen ein raues, herrisches Wiehern. Biba blieb wie angewurzelt stehen, sie lauschte mit gespitzten Ohren und erhobenem Kopf.

»El Moro, das Schattenpferd«, murmelte der alte Indianer. »Nur er kann so wiehern!«

Wieder hörten sie das wilde Wiehern des legendären Hengstes, von dem sich die Indianer in den Pueblos zahllose Geschichten erzählten. Biba antwortete erregt.

»Er ruft nach seiner Tochter«, sagte Harvey. »Aber er muss uns gewittert haben. Sonst wäre er schon hier, um sie zu begrüßen!«

»Wie schade!«, sagte Johanna leise. »Ich hätte ihn so gern gesehen.«

Harvey sah sie nachdenklich an. »Das ist bisher nur wenigen Menschen gelungen. Ich selbst habe ihn vor langer Zeit einmal als ganz jungen Hengst gesehen. Er war schwarz wie die Nacht, mit feurigen Augen … Das prachtvollste Pferd, das ich je zu Gesicht bekommen habe. Biba sieht ihm sehr ähnlich, nur ist El Moro viel größer und kräftiger, ohne dabei schwer zu wirken. Aber beide haben den gleichen edlen Kopf, die lebhaften Augen. El Moro bewegt sich mit einer Leichtigkeit und Eleganz ohnegleichen, er scheint über Steine und Geröll nur so zu fliegen. Hat man ihn erblickt, ist er auch schon wieder verschwunden, niemand weiß, wohin!«

Sie lauschten noch eine Weile. Als alles still blieb, gingen sie langsam weiter. Harvey achtete darauf, immer wieder Pausen einzulegen, damit Biba sich ausruhen konnte. Er goss vorsichtig etwas Wasser aus der Feldflasche in die hohle Hand und rieb damit die Narbe ein. Biba wirkte nicht angestrengt, doch sie wandte immer wieder den Kopf und wieherte hell zu den Bergen hinüber. Aber ihre Rufe blieben unbeantwortet. Nur ein leises Echo war zu hören, und Biba schnaubte unwillig.

Erst am späten Nachmittag gelangten sie zu der Stelle, von der aus sie vor vier Tagen aufgebrochen waren.

»Es kommt mir vor, als seien inzwischen Wochen vergangen«, sagte Johanna nachdenklich.

»Stimmt«, erklärte Michael. Er blickte zu den Bergen hinauf. »Vielleicht liegt es daran, dass wir viel erlebt und erfahren haben«, fuhr er fort. »Die alten Leute erzählen auch, dass dort oben die Zeit anders ist.«

Biba ließ sich ohne Schwierigkeiten verladen. Bald rollten sie wieder in den Hof der Johnsons. Johanna lud Biba aus und ging schon mit ihr auf den Stall zu, als Harvey sie zurückrief.

»Biba soll auf die Weide, Johanna! Nachdem alles so gut verheilt ist, braucht sie nun keine Ruhe mehr, sondern Bewegung.« Er gab ihr die Wasserflasche. »Reibe die Narbe damit die nächsten vier Tage ein, und hebe den Rest auf.

Verwende das Wasser dann vier Tage vor dem Distanzritt noch einmal!«

»Vor dem Distanzritt?«, wiederholte Johanna ungläubig. »Wie meinst du das?«

»Du wolltest Biba doch eigentlich haben, um sie für Distanzritte zu trainieren, richtig?«

»Ja.« Johanna nickte. »Ich fand es interessant, Pferde nicht nur wie bei Turnieren in Deutschland auf eine kurze Spitzenleistung hin zu trainieren, bei der die Pferde oft Schaden nehmen, sondern sie schonend zu konditionieren, ohne sie dabei zu überanstrengen. Das würde mir Spaß machen. Aber seit Biba sich verletzt hat, habe ich nicht mehr daran gedacht. Ich kann ja auch einfach so mit ihr reiten. Sie soll nicht überanstrengt werden.«

»Biba ist eines unserer besten und schnellsten Pferde. Sie wurde auf Härte und Ausdauer gezüchtet. Und sie ist gesund, Kind. Ich sehe keinen Grund, sie nicht langsam zu trainieren. Du wolltest doch an dem Ritt in Chimayo teilnehmen, stimmt's?«

»Das Rennen findet ja schon an dem Wochenende statt, an dem die Sommerferien beginnen«, sagte Johanna zögernd. »Glaubst du nicht, dass es zu anstrengend für Biba wird?«

»Wenn du sie vernünftig vorbereitest, wird es ihr sogar guttun. Vergiss nicht, dass sie durch den Winter in den Bergen sowieso eine gute Kondition hat. Sie stand ja nicht im Stall oder in einem kleinen Auslauf. Sie musste sich viel bewegen und richtig klettern, um ihr Futter zu suchen. Lass sie vier Tage auf der Weide stehen und beginne dann, mit ihr spazieren zu gehen. Wenn du das vier Tage getan hast, kannst du anfangen, sie vorsichtig im Schritt zu reiten. Wenn du das eine Woche lang getan hast, werde ich kommen und sie untersuchen. Dann können wir uns überlegen, ob und wie wir das Training aufbauen!«

Johanna nickte. »Nun bist du wieder daheim, Biba!«, rief sie glücklich und umarmte ihre Stute. »Komm mit auf die Koppel! Die anderen werden sich freuen, dich wiederzusehen!«

Und tatsächlich standen die drei Pferde der Johnsons schon am Tor und wieherten laut, als sie Biba kommen sahen. Johanna öffnete das Gatter und nahm Biba das Halfter ab, ehe sie sie auf die Weide entließ.

»Sieh nur, Chester macht einen richtigen Luftsprung vor Freude!« Michael lachte. Er zeigte auf den großen Scheckwallach, der buckelnd neben Biba herlief und sie spielerisch in die Kruppe zwickte. »Bis morgen früh, Biba!«, rief Johanna, als die kleine Herde hinter einer Baumgruppe verschwand.

Als Johanna nach Hause kam, empfing Friedel sie stürmisch. Wild bellend sprang er an ihr hoch und wollte sich gar nicht mehr beruhigen. Johanna konnte ihrer Familie nur wenig von dem erzählen, was in den Bergen geschehen war. Manches klang unglaubhaft, anderes – wie die Augenblicke, die sie mit Harvey auf dem Gipfel des Berges verbracht hatte – konnte sie nicht in Worte fassen.

Aber ihre Eltern sahen, dass Johannas Augen leuchteten, und als sie von dem geplanten Distanzritt in Chimayo berichtete, erklärte ihr Vater: »Wenn du dort wirklich mitreiten kannst und Biba keinen Rückfall erleidet, werde ich mich bei dir entschuldigen müssen, Johanna. Du weißt, dass ich große Zweifel hatte, ob Biba das richtige Pferd für dich ist. Aber es sieht so aus, als ob Michael recht behalten wird!«

Johanna strahlte. Sie umarmte ihren Vater. »Es geht mir ja gar nicht darum, zu gewinnen«, rief sie. »Ich bin schon glücklich, wenn Biba die fünfundzwanzig Meilen gehen kann und sich dabei wohlfühlt!«

Das Training beginnt

Nach vier Tagen ging Johanna eine gute Stunde mit Biba spazieren. Immer wieder horchte sie auf den Takt von Bibas Schritten – er war klar und frei von jeder Unregelmäßigkeit. Biba ging gern mit; sie sah sich interessiert die Umgebung an und war ruhig und gelassen. Nur einmal erschrak sie, als ein großer Lastwagen ratternd um die Kurve kam und sein Tempo nicht verlangsamte. Biba drängte sich neben Johanna und begann, von der Straße wegzudrängen und zu tänzeln, und hielt den Kopf höher als sonst. Johanna zupfte an der Führkette und sprach beruhigend mit ihr. Aber auch, als der Lastwagen außer Sichtweite war, schnaubte die Stute noch nervös. Johanna kraulte sie am Hals und brachte ihren Kopf so ein wenig tiefer. »Diese Dinge kennst du nicht aus den Bergen, Biba. Aber ich weiß, dass du ein mutiges Pferd bist und dich sicher auch bald an große Autos gewöhnen wirst. Wir können mal Max Johnson fragen, ob wir mit seinem großen Lieferwagen üben dürfen.«

Als sie später wieder im Hof war und Biba striegelte, hörte sie auch bald das Motorengeräusch von Max Johnsons schwerem Lieferwagen. Johanna ließ Biba stehen und lief zum Tor. »Könnten Sie den Motor ein paar Minuten laufen lassen?«, bat sie Max. »Ich möchte Biba zeigen, dass auch so große Autos nicht gefährlich sind!«

Max Johnson nickte verständnisvoll »Kein Problem, Johanna«, meinte er. »Wenn du mit deiner Stute genug geübt hast, drehst du einfach den Zündschlüssel um. Lass ihn ruhig stecken«, sagte er und grinste. »Dann weiß ich wenigstens, wo er ist, und suche später nicht das halbe Haus nach ihm ab!«

Johanna holte die Futterschüssel und stellte sie auf die hohe Motorhaube. Dann führte sie Biba langsam an den Wagen heran. Biba schnaubte unsicher und blieb ein paar Schritte entfernt stehen. Johanna klopfte ihr beruhigend den Hals, und Biba streckte sich nach vorn, denn sie kannte ihre Futterschüssel und hätte gern gefressen. »Komm! Nur noch einen kleinen Schritt!«, ermunterte Johanna die schwarze Stute.

Langsam hob Johanna ein Vorderbein auf und setzte es nach vorn, und Biba tat wirklich einen weiteren Schritt. So ging sie langsam bis zum Wagen, und als sie den Rand der Futterschüssel erreichen konnte, war der Bann gebrochen. Biba kaute zufrieden und roch an der Motorhaube, um sie bald mit einem beruhigten Schnauben für ungefährlich zu erachten.

»Siehst du, es ist gar nicht so schlimm«, sagte Johanna. »Jetzt gehen wir noch ein paarmal um den Wagen herum, damit du ihn von allen Seiten sehen kannst. Das reicht dann fürs Erste, nicht?« Sie strich der Stute liebevoll über den Rücken. Nach einer Weile brachte sie sie wieder zurück auf die Koppel.

Nach fünf Tagen sattelte Johanna die Stute zum ersten Mal. Biba stand ruhig da und stupste Johanna gelassen mit der Nase an, als sie den Sattel auflegte. Johanna führte Biba ein paar Meter und vergewisserte sich, dass die Schnallen des breiten Westernsattels richtig saßen und nichts drückte. Die Stute zeigte kein Anzeichen von Lahmheit, und Johanna saß vorsichtig auf.

Als sie aus dem Hof ritten, achtete Johanna wieder auf den Takt der Hufe auf dem Straßenpflaster und schloss einen Augenblick die Augen, um Bibas Schritte noch besser spüren zu können. Trat sie unsicher auf? War ein Schritt kürzer als der andere? Vor ein paar Monaten hatte Harvey gesagt: »Du musst lernen, die Schritte deines Pferdes allein durch deinen Sitz zu spüren. Du musst in jedem Moment sagen können, ob sich gerade das linke oder das rechte Hinterbein nach vorn bewegt, wann und wie die Beine auf dem Boden aufkommen und sich wieder heben. So, wie man ein Gehör für Musik entwickeln kann, kann man auch einen ›sensiblen Sitz‹ lernen. Ein guter Reiter muss nicht hinschauen, um zu sehen, was die Füße seines Pferdes machen – er spürt es!«

Seitdem hatte Johanna sich bemüht, die Tritte eines Pferdes zu fühlen, wenn sie ritt. Biba belastete alle vier Beine gleichmäßig und trat gut unter. Sie wollte gern laufen und beschleunigte ihren Schritt zusehends, aber Johanna hielt sie zurück. »Immer langsam, Biba«, ermahnte sie die Stute und klopfte ihr den Hals. »Du musst dich erst einmal wieder ans Reiten gewöhnen und kannst nicht gleich losrennen!«

Johanna zupfte an den lose durchhängenden Zügeln, und Biba verkürzte sofort gehorsam ihre Tritte. Harveys Worte hatte sich Johanna genau eingeprägt: »Ein Westernpferd wird immer am losen Zügel geritten. Du darfst dich nie daran festhalten wollen oder ständigen Kontakt zum Pferdemaul haben, denn dies ist keine Wassertrense wie in Deutschland, sondern eine Westernstange, die man nur benutzt, um dem Pferd feine Signale zu geben.«

Anfangs war Johanna diese Art zu reiten ungewohnt gewesen, sie vermisste die Anlehnung des Pferdes an den Zügel und wusste zuerst auch gar nicht, was sie mit ihren Händen tun sollte; denn man hielt hier die Zügel nur zwischen zwei Fingern einer Hand, die andere hing locker herunter. Aber inzwischen hatte sie sich daran gewöhnt, die Hände frei zu haben, und genoss Bibas selbstverständliche Aufrichtung und die stolze Art, in der sie sie trug.

Johanna verbrachte zwanzig Minuten damit, Biba in verschiedenen Geschwindigkeiten im Schritt gehen zu lassen: einmal nur halbe Tritte, bei denen Biba die Hinterhand weit unterschob und sich kaum vorwärtsbewegte, dann wieder einen weit ausgreifenden Schritt, in dem das Pferd sich streckte und den Hals lang machte. Endlich wendete Johanna und ritt nach Hause.

»Ich weiß, du wärst gern noch länger gegangen«, sagte sie zu Biba, während die Stute ihr Kraftfutter fraß, »aber das Wichtigste ist, dass du gesund bleibst und dich nicht überanstrengst.«

Sie striegelte Biba, bis das Fell glänzte und Schweif und Mähne seidig schimmerten. Doch Biba schaute sehnsüchtig aus dem Hoftor und wieherte. »Sei nicht traurig, Kleine«, sagte Johanna, »wir reiten bald wieder länger. Nur jetzt am Anfang musst du dich ein wenig schonen, das verstehst du doch!« Sie strich der schwarzen Stute liebevoll die Stirnlocke zur Seite und gab ihr einen Apfel. Dann brachte sie sie auf die Weide.

Nachdem Johanna ihr Pferd täglich geritten hatte, kam Harvey, um die Stute zu untersuchen. Seine dunklen Augen verengten sich, als er Biba eingehend musterte. Dann sagte er anerkennend: »Du hast deine Aufgabe sehr gut gemacht. Ich selbst hätte es nicht besser tun können!«

Harveys schmale Hände glitten sachkundig über Bibas Bein. Er richtete sich auf, lächelte Johanna zu und zog ein zusammengefaltetes Blatt aus der Hosentasche.

»Was hast du mir mitgebracht?«, wollte sie wissen.

»Es ist die Ausschreibung für den Distanzritt in Chimayo«, sagte Harvey bedächtig. »Du wolltest doch genau wissen, wie so ein Ritt vor sich geht und wie die Teilnahmebedingungen sind.«

Johanna nickte, und Harvey begann vorzulesen: »Der

alljährlich stattfindende Ritt wird wieder über eine Strecke von fünfundzwanzig Meilen abgehalten. Das Gelände weist unterschiedliche Schwierigkeitsgrade auf. Steilhänge, Flussdurchquerungen, Wüstenstrecken und bergiges Gelände sind vorgesehen. Tierarztkontrollen werden vor dem Start, nach der zehnten Meile, nach der zweiundzwanzigsten Meile und eine Stunde nach der Beendigung des Rennens vorgenommen. Es bleibt den Tierärzten vorbehalten, lahmende oder überanstrengte Pferde aus dem Rennen zu nehmen. Auch werden keine Tiere in die Wertung genommen, die erst nach dem Rennen die oben genannten Symptome zeigen. Das Mindestalter für die Pferde beträgt fünf Jahre, es gibt keine Vorschriften für Sattel und Zaumzeug, keine Altersbegrenzung für die teilnehmenden Reiter. Gewertet wird die Zeit, in der die Strecke bewältigt wird, vorausgesetzt, dass alle Tierarztkontrollen problemlos verlaufen. Wie jedes Jahr wird zusätzlich ein Konditionspreis vergeben. Und der ist besonders wichtig!«

»Onkel Harvey, das klingt aufregend!«, rief Johanna. »Meinst du wirklich, dass Biba es schaffen kann?«

»Bestimmt, mein Kind! Morgen kannst du anfangen, mit ihr zu traben. Wechsle eine Woche lang Schritt und Trab ab, und übe Anhalten, Wendungen und Seitengänge. Wenn alles weiterhin so gut geht, wirst du sie dann auch im Galopp reiten können. Nun musst du auch beginnen, Bibas Puls, die Temperatur und die Atmung zu messen und sorgfältige Tabellen anzulegen, um ihre Erholungswerte vergleichen zu können.«

»Ich soll ihren Puls und ihre Atmung messen?«, wiederholte Johanna verblüfft.

»Und die Temperatur«, wiederholte Harvey. »Vor dem Rennen messen die Tierärzte bei der Untersuchung die Werte von Puls, Atmung und Temperatur – man nennt das den Ruhewert. An dem Kontrollpunkt nach zehn Meilen werden diese Werte wieder gemessen. Dann sind sie natürlich höher, weil die Pferde angestrengt sind. Erst wenn die Ruhewerte wieder erreicht sind, darf weitergeritten werden. An den Erholungswerten zeigt sich, wer sein Pferd verantwortungsvoll trainiert hat.«

»Was ist ein Erholungswert?«, wollte Johanna wissen.

»Es ist der Zeitraum, der vergeht, bis das Pferd seine Ruhewerte wieder zeigt. Pferde mit schlechter Kondition müssen also länger an den Kontrollpunkten warten. Pferde mit guten Erholungswerten, die nicht lahmen, dürfen schnell weiter. Wer sein Pferd jagt, um Zeit zu gewinnen, verliert im Grunde die Minuten, denn er muss dann am Kontrollpunkt umso länger warten, wenn sein Pferd überanstrengt einläuft und hohe Werte hat.«

»Dann verhindern die Kontrollen, dass jemand sein Pferd fünfundzwanzig Meilen hetzt und ohne Rücksicht auf dessen Gesundheit auf den Sieg hin reitet!«

Harvey nickte zustimmend. »Ja, darin unterscheiden sich Distanzrennen von allen anderen Wettbewerbsarten. Niemand kann auf Kosten seines Pferdes gewinnen. Im Grunde ist jeder ein Sieger, der sein Pferd gesund durchs Ziel reitet. Es ist wichtiger, wie man die Strecke bewältigt, als nur an das Ziel zu denken. Man kann nur gewinnen, wenn man die beste Zeit reitet, ohne sein Pferd dabei zu überanstrengen. Das bedarf besonders bei den schwersten Ritten über hundert Meilen an einem Tag viele Monate sorgfältigster Vorbereitung.«

»Und wie messe ich all diese Werte?«, fragte Johanna.

»Fangen wir mit dem Puls an«, erklärte Harvey. »Taste den unteren Rand des Kehlganges ab – dort kann man den Puls spüren!«

»Hier habe ich ihn!« Johanna nickte.

»Nun schau auf deine Uhr und zähle eine Minute lang«, fuhr Harvey fort. »Du kannst auch eine kürzere Zeit zählen und das Ergebnis multiplizieren, aber das ist nicht so genau.«

»Ich zähle vierundvierzig Schläge«, stellte Johanna fest. »Ist das normal?«

Harvey nickte. »Normale Pulswerte bei Pferden liegen zwischen zweiunddreißig und achtundvierzig Schlägen pro Minute, bei ›normaler Unruhe‹, das heißt: alles, was nicht absolute Ruhe auf der Weide ist.«

»Ab wann ist der Puls bei Pferden zu hoch?«

»Ab zweiundsiebzig Schlägen«, sagte Harvey. »Falls du je solche Werte bekommst und sie sich nicht schnell wieder normalisieren, darfst du deinem Pferd keine weitere Anstrengung zumuten. Atemwerte sind normal zwischen sechzehn und vierundzwanzig Atemzügen pro Minute.«

»Ich kann einfach die Hand vor die Nüstern halten und zählen, ja?«, fragte Johanna.

»Das stimmt.« Harvey nickte. »Es gibt noch eine zweite Methode: Du hältst die flache Hand gegen die linke Flanke und zählst dort die Bewegungen.«

»Ich zähle zwanzig Atemzüge, das ist doch gut?«

Harvey nickte zustimmend. »Nun kommen wir zum Temperaturmessen«, fuhr er fort.

»Ich habe ein Thermometer in der Stallapotheke«, rief Johanna und lief, um es zu holen.

Harvey zeigte ihr, wie man den Schweif zur Seite nimmt und vorsichtig das Thermometer einführt. »Normalerweise liegt die Temperatur von ausgewachsenen Pferden bei 37,5 bis 38,3 Grad Celsius«, sagte er. »Man muss immer drei Minuten lang messen, sonst stimmt das Ergebnis nicht genau.«

»Soll ich nun jeden Tag diese Werte messen?«

»Ja, zu Beginn, wenn Biba nur leicht arbeitet, werden die Unterschiede nicht so deutlich sein. Aber du musst es ja auch üben, deshalb ist es das Beste, wenn du gleich damit anfängst.«

Zu Hause erzählte Johanna, was Harvey gesagt hatte. Ihr Bruder Florian sah sie erstaunt an. »Ist das schwarze Pferd wieder ganz gesund?«, fragte er.

Johanna nickte, und Florian scharrte aufgeregt mit den Füßen unter dem Tisch. Seine blauen Augen funkelten, als er rief: »Dann darf ich auch einmal auf ihr reiten, ja? Bitte, Johanna!«

Als sie zögerte, fuhr er fort: »Ich bin doch schon acht! Bitte, sag ja!«

»Gut«, sagte Johanna und lächelte. »Morgen darfst du mitkommen. Aber du musst mir versprechen, uns keine Streiche zu spielen und mich und Biba nicht zu ärgern. Abgemacht?«

So kam Florian am nächsten Tag mit zu den Johnsons. Friedel war natürlich auch dabei. Er rannte, so schnell er konnte, neben Florians Fahrrad her und versuchte im Spiel eines seiner Hosenbeine zu fassen, aber er schnappte nie richtig zu.

Als Johanna Biba von der Weide holte, sah Florian sie bewundernd an. »Die ist aber schön geworden!«, rief er. »Als Papa sie dir damals geschenkt hat, sah sie nach nichts aus, ein struppiges, verwildertes Indianerpony. Darf ich jetzt reiten?«

Johanna hob ihn vorsichtig auf Bibas Rücken. »Halt dich in der Mähne fest, ich führe dich bis zu den Ställen«, sagte sie. Friedel lief in großem Abstand hinterher. »So, nun musst du wieder absteigen«, sagte Johanna endlich. »Ich will Biba putzen und dann reiten!«

»Ach, bitte, lass mich noch ein bisschen auf ihr sitzen«, bat Florian. »Du kannst ja inzwischen den Sattel holen!«

Johanna ließ den Führstrick hängen und ging in die Sattelkammer. Als sie wieder herauskam, sah sie Florian auf der anderen Seite des Hofes langsam traben. Er hielt sich mit einer Hand in der Mähne fest und hatte mit der anderen den Führstrick gefasst.

»Florian, komm sofort zurück!«, rief Johanna. Florian lenkte Biba nur mit dem Strick und kam zurückgetrabt. Obwohl er auf Bibas Rücken wie ein kleiner Gummiball auf und ab hüpfte und keinen festen Halt hatte, sah er sehr vergnügt aus.

»Du hast versprochen, mir keine Streiche zu spielen, erinnerst du dich?«, schimpfte Johanna. »Und jetzt hältst du dich nicht daran.«

»Aber das war doch gestern Abend«, protestierte Florian. »Es macht mir solchen Spaß! Mein Freund Enrique hat mir erklärt, wie es geht, ein Pferd nur mit dem Halfter zu lenken. Es ist gar nicht schwer!«

»Stell dir vor, was alles hätte passieren können! Wenn Biba dir davongerannt und über die asphaltierte Straße galoppiert wäre, könnte sie vielleicht gar nicht mehr laufen! Daran hast du wohl nicht gedacht?«

»Du hast gesagt, dass sie wieder gesund ist«, verteidigte sich Florian. »Außerdem ist doch alles gut gegangen. Es war ja gar kein richtiger Streich!«

»Da hast du noch mal Glück gehabt«, meinte Johanna. »Nächstes Mal erzähle ich dir genauer, was Biba darf und was nicht!« Sie blickte auf ihre Uhr. »Nun muss ich los, sonst reicht die Zeit nicht mehr!«

Florian rutschte von Bibas Rücken. Johanna sattelte. Sie nahm Bibas Puls und Atemwerte und maß die Temperatur. Dann stieg sie auf und ritt aus dem Hof. Florian stieg auf sein Fahrrad und fuhr mit Friedel an seiner Seite in der anderen Richtung davon.

Johanna ließ Biba auf einen Feldweg traben. Bibas Tritte waren leicht und wie schwebend. Johanna stellte sich ein wenig in die Bügel, um Bibas Rücken zu entlasten. Der Wind blies ihr die Haare aus dem Gesicht, und die Frühlingssonne wärmte sie. Biba lief ruhig und gleichmäßig am langen Zügel, und Johanna war glücklich.

Ein paar Tage später erkundete Johanna mit ihrer Stute gerade einen neuen Weg, der in einen Cañon führte, als Biba plötzlich mit einem Ruck stehen blieb. Sie hielt den Kopf hoch erhoben und wieherte erregt.

»Was hast du denn, Biba? Hier ist doch niemand!«, rief Johanna und klopfte ihr beruhigend auf den Hals. Dann aber sah sie eine kleine Gestalt auf einem Schimmel, die, in eine rote Staubwolke gehüllt, auf sie zuflog, geradewegs aus dem Cañon heraus. Dicht vor Johanna kam das Pferd zum Stehen; dabei bäumte es sich auf und rutschte auf den Hinterbeinen durch den losen Sand. Als sich der Staub senkte, sah Johanna verblüfft, dass der wilde Reiter kein Indianer war, wie sie vermutet hatte, sondern eine zierliche alte Dame. Sie trug ihr graues Haar kurz geschnitten und saß in einem merkwürdigen Sattel, der alt zu sein schien, aber gut gepflegt war. Ihre grauen Augen blitzten, als sie rief: »Was machst du denn ganz allein in dieser gottverlassenen Gegend, mein Kind? Noch dazu versperrst du mir den Weg, anstatt mich vorbeireiten zu lassen!«

Johanna beobachtete fasziniert den zierlichen Schimmel. Er war in vollkommener Form und schien nur aus Muskeln und Sehnen unter glänzendem Fell zu bestehen, aus stampfenden, festen Hufen, großen Nüstern und wunderschönen, dunklen Augen.

»Ich reite hier, um mein Pferd zu trainieren«, sagte Johanna schließlich.

Die alte Dame musterte Biba. »Kein schlechtes Pferd«, murmelte sie. »Wenn deine Stute das Herz dazu hat, kann sie wohl laufen. Wofür trainierst du denn?«

»Für das Distanzrennen in Chimayo«, antwortete Johanna.

Die alte Dame erwiderte zufrieden: »Das trifft sich gut, dann bereiten wir uns für den gleichen Ritt vor!« Sie klopfte ihrem Schimmel den Hals. »Tequila ist ein Hundert-Meilen-Pferd, aber ich habe ihr über den Winter eine Ruhepause gegönnt, und nun fangen wir erst einmal wieder klein an. Nach fünfundzwanzig Meilen wird sie normalerweise gerade erst warm!« Sie lachte.

»Sie sind mit ihr schon einmal hundert Meilen geritten?«, fragte Johanna erstaunt.

»Aber sicher, Kind! Ich habe Tequila zu meinem sechzigsten Geburtstag von meinem Mann geschenkt bekommen – damals war sie gerade vier Jahre alt. Inzwischen bin ich siebzig, und wir haben immer zusammen trainiert und sind viele verschiedene Distanzritte gegangen. Das hält uns beide jung. Hast du eine Strecke?«

»Wie meinen Sie das?«, fragte Johanna verständnislos.

»Man braucht doch eine Strecke, um zu trainieren. Etwa zwölf Meilen, damit man auf Zeit reiten und sehen kann, wo man im Training ist.«

»Das wusste ich gar nicht«, gab Johanna zu. Sie betrachtete den gewundenen Feldweg voller Schlaglöcher und sagte: »Wie will man denn wissen, wie weit zwölf Meilen sind? Man braucht einen Jeep, um hier fahren zu können!«

»Oder ein Moped!« Die alte Dame lachte und warf den Kopf zurück. »Ehrlich gesagt, mein Kind, habe ich auch noch keine Strecke, aber ich bin dabei, mir eine zu suchen.« Sie sah Johanna durchdringend an und fuhr fort: »Ich schlage vor, wir machen das zusammen. Wenn wir schon beide für denselben Ritt trainieren, können wir es auch gemeinsam tun, anstatt einander den Weg zu versperren.«

Johanna war von dem Angebot überrascht. »Ich würde gern mit Ihnen reiten«, sagte sie. »Ich habe noch nie an einem Distanzritt teilgenommen und muss noch viel lernen!«

Die alte Dame lächelte und gab ihr die Hand. »Okay«, sagte sie. »Wir treffen uns morgen wieder hier ... um die gleiche Zeit!«

Damit gab sie ihrer Stute die Zügel, und noch ehe Johanna etwas sagen konnte, schoss sie wie ein weißer Pfeil davon und verschwand um die nächste Wegbiegung. »Ist das nicht eine ungewöhnliche Frau, Biba!«, murmelte Johanna und klopfte ihrer Stute den Hals. »Wer hat schon mit siebzig Jahren noch so viel Temperament?«

Als Johanna am nächsten Tag mit Biba wie verabredet am Cañon ankam, war von der alten Dame und ihrem Schimmel keine Spur zu sehen. Johanna blickte auf ihre Uhr. »Meinst du, sie hat uns vergessen, Biba?« Sie blickte sich suchend um. Da spitzte Biba die Ohren und tänzelte unruhig. Kurz darauf hörte auch Johanna das Brummen eines Motors und das Geräusch trappelnder Hufe. Dann erschien eine kleine Gestalt mit einem riesigen Sturzhelm auf einem abenteuerlichen Gefährt, das nur entfernte Ähnlichkeit mit einem Moped hatte.

Es hatte mächtige Reifen wie ein Geländemotorrad, dazu geschwungene Schutzbleche in Hellblau und zwei große, wippende Sitze – auf dem einen Sitz saß die alte Dame, am anderen hatte sie die Zügel ihrer Stute festgemacht, die in leichtem Galopp neben dem Gefährt herlief. Mit quietschenden Reifen hielt die alte Frau neben Biba und nahm den Sturzhelm ab. »Schön, dass du da bist, mein Kind«, begrüßte sie Johanna. »Ich fahre und du nimmst die Pferde!«, rief sie ohne Umschweife und reichte Johanna einen Sturzhelm, den sie an der anderen Seite des Motorrads festgemacht hatte. Johanna stieg ab und setzte den Helm auf. »Aber fahren Sie nicht so schnell«, bat sie. »Mein Pferd hatte eine Verletzung, und ich trabe sie erst seit einer guten Woche wieder!«

»Wie hat sie sich denn verletzt?«, wollte die alte Dame wissen.

»Ein Kojote hat sie angefallen. Sie hatte ihr Bein in einem Zaun verwickelt und sich dann im Kampf mit dem Kojoten schwer verletzt«, erzählte Johanna. »Soll ich beide Pferde an einer Hand führen?«

»Nein, nein«, sagte die alte Dame. »Wirf nur deine Zügel über Tequilas Sattelhorn, dann wird dein Stütchen sicher hinterherkommen. Übrigens, ich habe dich noch nicht einmal nach deinem Namen gefragt!«

»Ich heiße Johanna und komme aus Deutschland«, antwortete Johanna und kletterte auf das Moped.

»Ich bin Bernice Russell«, stellte sich die alte Dame vor. »Erzähl mir von dir, während wir fahren!« Sie gab Gas, und schon knatterten sie den staubigen Weg entlang.

Johanna gab sich Mühe, den Motorenlärm zu übertönen, und berichtete von zu Hause, von Harvey Kleiner Bär und von Bibas Heilung an der Quelle in den Bergen. Die Pferde folgten willig, und allmählich fuhren sie immer tiefer in die Schlucht hinein. Plötzlich verengte sich der Weg zu einem Pfad und stieg steil an. Bernice schaltete in den ersten Gang und gab Gas. Johanna sah nur noch Felswände neben und ein Stück Himmel über sich; sie schloss entsetzt die Augen. Endlich gab es einen Ruck, und dann sah Johanna, dass sie auf dem Rand des Cañons angelangt waren. Vor ihnen erstreckte sich ein neuer, noch tieferer Cañon, in dessen Tiefe grünes Wasser schimmerte. »Der Rio Grande«, sagte Bernice. »Ist er nicht schön!«

»Sie wollen doch nicht etwa dort hinunterfahren?«, fragte Johanna entsetzt.

»Aber sicher, mein Kind, dies waren doch erst sechs Meilen!«, rief Bernice vergnügt. »Wozu hab ich denn mein Söhnchen Pat die guten Reifen montieren lassen?«

Johanna hielt die Augen während der Abfahrt fest geschlossen. Als sie sie einmal ein wenig öffnete und in den Abgrund auf ihrer linken Seite blickte, wurde ihr schwindelig. Die beiden Stuten folgten dem Motorrad mühelos. Obwohl Bernice gewagt fuhr, spürte Johanna doch, dass sie eine sichere und gute Fahrerin war. Allmählich kamen sie aus dem Cañon heraus auf die Ebene, und kurz bevor sie das Gatter, das zur großen Straße führte, erreichten, bremste Bernice das Motorrad ab.

»Genau zwölf Meilen bis hierher!«, rief sie zufrieden. »Das ist eine gute Trainingsstrecke mit abwechslungsreichem Gelände ... Brave Pferde!«, fügte sie hinzu.

»Das kann man wohl sagen!«, erwiderte Johanna und klopfte sich den roten Staub aus den Kleidern. Sie streichelte Biba und die Schimmelstute Tequila.

»Nun, Johanna«, Bernice lächelte freundlich und gab ihr die Hand, »aus dir wird einmal eine hervorragende Distanzreiterin!«

»Woher wollen Sie das denn wissen?«, entgegnete Johanna. »Sie haben mich ja kaum zu Pferd gesehen!«

»Das macht nichts, aber du bist mutig und gibst nicht so schnell auf. Ausdauer und Mut sind die wichtigsten Eigenschaften, die man zum Distanzreiten braucht. Außerdem hast du ein gutes Pferd. Über das Wochenende fahre ich zu einem Trainingsritt nach Arizona, aber nächste Woche reiten wir zusammen!«

Johanna verabschiedete sich von Bernice und ritt langsam nach Hause. Auf dem Heimweg ging Biba ruhig und schien sehr zufrieden zu sein. Johanna tastete sorgfältig ihre Beine ab, nachdem sie sie abgesattelt hatte. »Gott sei Dank hast du dich nicht überanstrengt!«, rief sie erleichtert. »Die Narbe ist nicht einmal warm und genauso unempfindlich wie vorher!« Sie schlang der schwarzen Stute die Arme um den Hals. »Ach, Biba, ich bin so froh, dass du wieder gesund bist«, murmelte sie leise.

Es war schon spät, als Johanna Biba auf die Weide brachte. Ein kühler Abendwind bewegte sachte die Blätter, und der Abendstern ging gerade über der Mesa auf. In der Spitze eines alten Baumes saß ein kleiner Vogel und sang in die Dämmerung hinein.

Durch die Schlucht

Johanna stand bei der knorrigen Zeder und wartete auf Michael. Es hatte gerade zur großen Pause geläutet. Plötzlich legten sich von hinten zwei warme Hände über ihre Augen.

»Michael?«, riet sie und drehte sich lachend um. Eifrig erzählte sie ihm von ihrer Begegnung mit Bernice.

»Ich habe schon von ihr gehört«, sagte Michael nachdenklich. »Man sagt, sie sei eine Einzelgängerin und könne reiten wie der Teufel persönlich.«

»Das stimmt!« Johanna lachte. »Ich bin froh, dass ich sie getroffen habe. Ich mag auch ihre Art – ein wenig rau, aber herzlich!«

»Dann wirst du ja wohl kaum noch Zeit zu einem gemütlichen Ausritt mit mir haben«, sagte Michael.

Johanna knuffte ihn in die Seite. »Klar habe ich Zeit, mit dir zu reiten – aber du hast doch gar kein Pferd!«

»Teles Morgenstern gibt mir seinen Grauen.« Michael lächelte. »Und der kann es fast mit Biba aufnehmen!«

Da schrillte die Pausenglocke. »Dann bis heute Nachmittag!«, rief Michael und gab Johanna einen Kuss, ehe er in Richtung Klassenzimmer davonlief.

Johanna war gerade mit dem Satteln fertig, als Michael in leichtem Galopp zum Hoftor hereinkam. Er zügelte den großen grauen Wallach, den er ritt, und sprang aus dem Sattel. »Weißt du eigentlich, warum ich mit dir ausreiten will?«, fragte er, als sie Seite an Seite aus dem Hof trabten.

Johanna schüttelte den Kopf.

»Erstens will ich dir eine ganz besondere Stelle in einer

Schlucht zeigen, und zweitens möchte ich dir etwas erzählen«, sagte er.

Es war ein warmer, fast sommerlicher Tag. Das Leder der Sättel knarrte, als sie eine Weile schweigend dahinritten. Johanna hatte gelernt, Michael nicht zu sehr mit Fragen zu bedrängen, sondern zu warten, bis er anfing zu reden.

»Du weißt, dass ich nur halb Puebloindianer bin«, sagte er. »Meine Mutter, Onkel Harveys Schwester, ist eine Cheyenne. Ich bin hier aufgewachsen und kenne meine Verwandten mütterlicherseits kaum. Nun bin ich achtzehn geworden, und Onkel Harvey sagt, er wolle mich in den Sommerferien vier Wochen mit nach Oklahoma nehmen, damit ich meine Familie dort einmal kennenlerne.«

»Ausgerechnet in den Sommerferien«, sagte Johanna unglücklich. »Wir wollten doch einiges gemeinsam unternehmen. Ich hatte mich schon so darauf gefreut!«

»Wenn ich wiederkomme, haben wir noch über einen Monat, bis die Schule wieder anfängt, Johanna!«, erinnerte er sie.

»Ich hatte ganz vergessen, dass die Ferien hier länger sind als in Deutschland«, sagte Johanna erleichtert. »Dort haben wir nämlich nur sechs Wochen Sommerferien ... Dann ist es nicht ganz so schlimm. Aber magst du Verwandtenbesuche? Mir war das meistens lästig – so langweilig!«

»Nein.« Michael schüttelte den Kopf. »Ich freue mich sehr darauf. Der Bruder meines Großvaters, Henry Schneller Wolf, lebt noch. Er ist ein alter Mann und wünscht sich, mich zu sehen. Er will mir Geschichten der Cheyenne erzählen, Dinge, die nirgends aufgezeichnet sind und die man in keiner Schule lernen kann. Wenn er stirbt, ohne dass er sein Wissen weitergegeben hat, stirbt es mit ihm. Ich bin sehr froh, dass er gerade mir bestimmte Dinge anvertrauen will, denn er hat viele Enkel, Neffen und Nichten. Er hat mich das letzte Mal als kleinen Jungen gesehen.«

»Dann verstehe ich, dass du gern dorthin gehst«, sagte Johanna leise.

Michael nahm ihre Hand. »Ich bin froh darüber«, sagte er. »Du hättest mir auch böse sein können. Manchmal wundere ich mich, wie gut du mich verstehst, obwohl du eine Weiße bist!«

»Das hat doch nichts mit der Hautfarbe zu tun!«, rief Johanna.

»Vielleicht doch«, erklärte Michael. »Ich glaube, dass ihr Weißen eine andere Kultur und andere Wertmaßstäbe habt. Vieles von unseren Vorstellungen und Traditionen versteht ihr nicht. Viele finden es verrückt, mit Pflanzen zu sprechen, den Bergen zu danken und der Mutter Erde Tabak zu schenken!«

»Stimmt«, sagte Johanna. »Vor einem Jahr wären mir diese Dinge noch seltsam vorgekommen!« Sie lächelte. »Und außerdem, Michael Gelber Vogel, bin ich nicht weiß, sondern deutsch!« Sie sah Michael an, und beide lachten.

»Wer hat dir denn das erzählt?«, wollte Michael wissen.

»Der kleine alte Mann, der in Paseo an der Plaza Schmuck verkauft«, erwiderte sie.

Michael beugte sich im Sattel zu ihr herüber und küsste sie. »Damit hat er sicher recht«, sagte er und ließ seinen Grauen in schnellen Trab fallen.

Johanna sah, dass sich die Landschaft veränderte. Sie ritten in eine breite Schlucht. Zu beiden Seiten begannen steile, rote Felswände aufzuragen. Der Talboden war mit wilden Salbeisträuchern und Kakteen bewachsen, und der Pfad wurde allmählich so schmal, dass sie mit Biba hinter Michael bleiben musste, der auf dem grauen Wallach vor ihr trabte.

Biba ging ruhig und gleichmäßig; ihre Gangart war weich und federnd. Und Johanna genoss es, still zu reiten und sich ganz auf ihr Pferd zu konzentrieren. Die Schlucht verengte sich immer mehr, bis schließlich der Himmel über ihnen nur noch ein blauer Streifen war. Sand und loses Geröll bedeckten den Pfad. Michael hatte den Grauen längst zum Schritt durchpariert. Es gab nichts außer den zerklüfteten roten Felswänden um sie her und kein anderes Geräusch als das Trappeln der Hufe auf dem unebenen Pfad.

Plötzlich tauchte nach einer Wegbiegung ein riesiger, glatter Felsblock vor ihnen auf, der den Weg versperrte. Hier weitete sich der Pfad zu einer Art Lichtung aus, an deren Seiten hohe Sträucher wuchsen.

»Hier geht es ja gar nicht weiter!«, rief Johanna. »Sind wir vom Weg abgekommen?«

Michael wandte sich zu ihr um und legte mahnend den Finger an die Lippen. Dann glitt er aus dem Sattel und bedeutete Johanna, das Gleiche zu tun. Er trat an ihre Seite und nahm ihre Hand. »Schau dir den Stein da genau an!«, sagte er leise.

Johanna fiel die makellos glatte Oberfläche des Steins auf, und plötzlich entdeckte sie darauf den Abdruck einer Hand. Auf einmal sah sie, dass der große Felsblock über und über mit Zeichen bedeckt war. Hirsche, Pferde, Schlangen und seltsam aussehende Menschen waren in das Gestein geritzt. Wind und Wetter hatten die Bilder verblassen lassen, aber je länger Johanna hinsah, umso mehr Zeichen entdeckte sie.

»Michael, wer hat sie gemacht?«, fragte sie leise, nachdem sie lange schweigend vor dem Fels gestanden hatten.

»Man weiß es nicht«, antwortete Michael. »Wir wissen nur, dass sie sehr, sehr alt sind und dass sie von Menschen gemacht wurden, die mit meinem Volk verwandt waren!« Er drehte sich um und ging auf einen großen dürren Strauch zu. Erstaunt sah Johanna, wie Michael die Zweige beiseiteschob. Dahinter war ein dunkles Tor im Stein, gerade groß genug für ein Pferd ohne Reiter. Michael führte den

Grauen darauf zu, und Johanna folgte ihm. Biba schnaubte misstrauisch, aber sie ließ sich von Johanna in das steinerne Tor führen. Alles um sie herum war dunkel. Vorsichtig tastete sich Johanna voran. Aber schon nach ein paar Schritten sah sie einen Lichtschimmer, und gleich darauf trat sie aus dem dunklen Schacht heraus.

Vor ihr fiel das Gelände sanft in ein großes Tal ab, das wie eine Festung von hohen Steinwällen umsäumt war, unüberwindbar zu Pferd. Höchstens ein geübter Kletterer könnte über diese zackigen Felsspitzen steigen. Die rote sandige Erde war mit kurzem, kräftigem Gras bewachsen, in der Nähe murmelte ein Bach, und doch lag eine eigenartige Stille über dem Tal, die Johanna erschauern ließ. »Wo sind wir hier, Michael?«, flüsterte sie.

»Ich habe dem Tal keinen Namen gegeben«, erwiderte er. »Und ich glaube, dass außer dir und mir und Onkel Harvey seit sehr langer Zeit niemand mehr hier gewesen ist. Aber komm mit, ich will dir noch etwas zeigen!«

Sie führten ihre Pferde am Zügel und gingen in das Tal hinunter. Michael schlug einen schmalen, gewundenen Pfad ein, der um einen baumbestandenen Hügel führte. Plötzlich stolperte Johanna, und als sie zu Boden blickte, sah sie, dass es kein Stein war, an den sie gestoßen war, sondern ein zerbrochener Krug. Sie kniete nieder und nahm eine Scherbe in die Hand. Die Keramik war brüchig, aus rotem Ton und in braunen, warmen Farben bemalt. »Hier haben Menschen gelebt«, rief Johanna verblüfft.

»Ich weiß«, sagte Michael. »Komm ein paar Schritte weiter, dann wirst du sehen, wo sie gelebt haben!«

Und dann tauchten vor ihnen die Ruinen eines kleinen Dorfes auf. Viereckige Häuser aus Stein reihten sich aneinander; teils waren die sorgfältig gemauerten Wände eingefallen, teils standen sie noch wie in alten Zeiten da. Es gab kleine Innenhöfe, Treppen, die in tiefer gelegene runde

Räume führten, Pfeilspitzen und Perlen, die verstreut auf der Erde lagen. Ein warmer Wind fuhr über die Steine, und Johanna beschlich ein merkwürdiges Gefühl der Ehrfurcht vor diesem Ort. Zugleich verspürte sie eine Scheu, die glänzenden Perlen in die Hand zu nehmen oder andere Gegenstände zu berühren.

Die Pferde stampften unruhig. Plötzlich wandten beide die Köpfe nach rechts, obwohl Johanna kein Geräusch gehört hatte und auch nichts Besonderes wahrnehmen konnte. »Ich glaube, man sollte hier alles so lassen, wie man es gefunden hat!«, flüsterte sie Michael zu.

»Das finde ich auch. Stell dir vor, ich würde es den Behörden erzählen und man würde hier Ausgrabungen machen!«

Johanna blickte über das kleine, stille Tal mit der friedvollen Atmosphäre und dem schützenden Wall aus rotem Stein. »Das wäre schrecklich«, sagte sie leise. »Als Erstes würden sie das Tor im Fels sprengen, um mit Lastwagen hereinfahren zu können. Sie würden in der Erde wühlen und jeden Scherben katalogisieren, vielleicht Gräber ausheben. Dann kämen die Busse mit Touristen ... Fremdenführer, Kameras, vielleicht ein Hamburger-Stand.«

Michael schüttelte sich. »Dieses Tal soll unser Geheimnis bleiben. Alles hier ist still und doch voller Leben. Ich will nicht, dass jemand die Ruhe dieses Ortes stört.«

»So soll es sein, würde Onkel Harvey jetzt sagen!« Johanna lächelte. Sie holte aus ihrer Hosentasche ein Stück Lakritze. Sie brach es in drei Teile, gab eines Michael und legte eines behutsam unter einen knorrigen alten Baum inmitten der Ruinen.

Michael strich ihr über die Haare. »Genauso hätte es Onkel Harvey gemacht«, sagte er, und seine Stimme klang rau. Plötzlich trieb ein warmer Windstoß hinter einer Mauer ein kleines Bällchen hervor. Es bestand aus trockenem

Gras und Ranken und kugelte geradewegs auf Johanna und Michael zu. Kurz vor ihren Füßen blieb es liegen und rollte dann um sie herum, ab und zu hüpfte es in die Höhe.

Michael sah es an und lächelte. »Komm, lass uns gehen«, sagte er nach einer Weile zu Johanna. Sie führten ihre Pferde, und als Johanna sich noch einmal umwandte, sah sie, dass der Wind so wehte, dass er das Bällchen hinter ihnen her trieb. Es hüpfte auf und ab, kugelte in eine Felsspalte und kam wieder zum Vorschein.

»Ist das nicht seltsam?«, sagte Johanna nachdenklich. »Es sind nur ein paar zusammengeknäulte, welke Gräser, aber es sieht irgendwie fröhlich aus, fast übermütig!«

»Vielleicht mag es Lakritze gern«, erwiderte Michael und zwinkerte Johanna zu. Kurz vor dem Tor im Fels verschwand das Bällchen mit einem Sprung hinter einem Strauch. Der Wind legte sich so plötzlich, wie er gekommen war … und das Bällchen blieb verschwunden.

Die Hufe der Pferde klangen dumpf in dem dunklen Schacht. Als sie auf der anderen Seite wieder ins Sonnenlicht traten, war Johanna, als käme sie von weit her, aus einer anderen Welt und einer anderen Zeit. Sie ritten schweigsam zurück, hinaus aus der Schlucht, die allmählich breiter wurde und sie schließlich in die Weite der Mesa entließ. Die Pferde sogen die frische Luft ein und schnaubten freudig.

Johanna nahm Michaels Hand. »Danke, dass du mir dieses Tal gezeigt hast – es ist ein ganz besonderer Platz«, sagte sie.

»Ich bin froh, dass du mitgekommen bist«, erwiderte Michael und drückte ihre Hand. »Wollen wir galoppieren?«

Johanna nickte und trieb Biba in einen leichten Galopp. Die Stute lief gleichmäßig, ihre schwarze Mähne flatterte im Wind. »Ich habe mir immer gewünscht, so reiten zu können«, rief Johanna Michael zu, »ohne Reitwege, Zäune, Straßen, ganz frei, wohin man will!«

Vor ihnen erstreckte sich die Mesa bis an den Horizont. Die Sonne ließ das frische Grün der Salbeisträucher leuchten. Johannas Haar schimmerte wie Kupfer. Michael stieß einen hohen Trillerruf aus, und der große, graue Wallach machte einen übermütigen Luftsprung.

Ein paar Tage später traf sich Johanna wieder mit Bernice an der verabredeten Stelle. Diesmal wartete sie schon, und ihr Schimmel scharrte ungeduldig mit dem Huf. »Ist es nicht ein herrlicher Tag, um mit dem Pferd unterwegs zu sein!«, rief Bernice. »Selbst Tequila spürt den Frühling! Sie ist sonst die Ruhe selbst. Ein Distanzpferd darf keine Energie verschwenden, indem es nervös herumtänzelt und sich aufregt!«

»Dann wird Biba sicher ein gutes Distanzpferd werden«, sagte Johanna und klopfte ihrer Stute liebevoll den Hals.

Sie ritten eine Weile in schnellem Trab, bis nach einer Kurve plötzlich ein riesiger Steilhang vor ihnen lag.

»Meine Güte, das geht ja beinahe senkrecht hinauf!«, stieß Johanna hervor und zügelte Biba.

Die alte Dame sah sie erstaunt an. Ihr Gesicht war voller Falten, aber ihre grauen Augen sprühten vor Lebendigkeit.

»Aber, Mädchen, der kleine Anstieg ist doch nicht der Rede wert!«, rief sie und klatschte in die Hände. »Wir lassen uns ziehen und sind im Nu oben«, erklärte sie energisch.

Johanna schüttelte den Kopf. »Wer soll uns denn hier ziehen?«, fragte sie und blickte sich verblüfft um.

»Unsere Pferde natürlich!«, erklärte Bernice und schwang sich aus dem Sattel. »Manchmal vergesse ich, dass du noch nie für einen Distanzritt trainiert hast. Mach dir nichts draus – bald wirst du die wichtigsten Dinge gelernt haben! Gleich zeige ich dir, wie man mühelos solche Berge raufkommt.«

Sie führte ihre Stute an den Fuß des Hanges und warf ihr die Zügel über den Hals. Dann griff sie mit einer Hand in den Schweif ihres Schimmels und nahm mit der anderen Bibas Zügel. »Halte dich an deinem Pferd fest, und schon kann es losgehen!«, rief sie fröhlich.

Johanna blieb kaum die Zeit, Bibas Schweif zu ergreifen, da schnalzte Bernice schon, und ihr Schimmel begann stetig den Berg hinaufzugehen.

Biba schien Johannas Gewicht nicht zu stören, sie lief, als habe sie Johanna schon ein Leben lang hinter sich hergezogen. Johanna war erstaunt, wie leicht es war, mit den Pferden Schritt zu halten. Ehe sie es sich versah, waren sie oben angelangt, und Bernice schwang sich behende wieder in den Sattel.

»Das ist ja toll!«, rief Johanna und lachte. »Auf diese Idee wäre ich nie gekommen!« Sie ritten die Strecke, die sie mit dem Motorrad abgefahren hatten, und maßen beide nach den schwierigsten Stellen Puls, Atmung und Temperatur ihrer Pferde.

»Alle Achtung!«, sagte Bernice anerkennend. »Deine Stute hat eine außergewöhnlich gute Kondition für die kurze Zeit, die du sie nun trainierst! Eigentlich ist sie schon gut auf den Ritt vorbereitet.«

»Ich will, dass sie den Ritt wirklich spielend gehen kann«, erklärte Johanna. »Das Wichtigste ist mir, dass sie sich nicht überanstrengt und ihre Beine keinen Schaden nehmen!«

»Ich würde sie nicht nur im Gelände, sondern auch ab und zu in der Bahn reiten«, schlug Bernice vor. »Ein wenig Versammlung, Hinterhandwendungen und Seitengänge haben bisher jedem Distanzpferd gutgetan. Es geht ja nicht nur um die Schnelligkeit, sondern auch um die Qualität der Bewegung. Ein Pferd, das sich gut trägt und geschmeidig ist, braucht weniger Kraft, um sich zu bewegen, und strengt sich also auch weniger an.«

»Das leuchtet mir ein«, sagte Johanna. »Damit werden auch automatisch die Werte besser, stimmt's?«

Bernice nickte. »Genauso ist es, mein Kind.«

Sie näherten sich langsam der Zwölf-Meilen-Markierung.

»In drei Tagen treffen wir uns wieder«, sagte Bernice. »Ich trainiere bis dahin etwas auf Tempo. Für Biba wäre das noch zu schnell. Nutze du die Zeit zur Bahnarbeit und ein paar leichteren Ritten!« Im Davontraben rief sie Johanna zu: »Und vergiss nicht, dir für den zweiten Stopp Wasser und Helfer zum Auskühlen zu besorgen!«

Johanna ritt langsam nach Hause. Als sie in den Hof einbog, sah sie Harvey im Halbschatten bei dem großen Baum neben dem Stall sitzen. Er stand langsam auf und ging ihr entgegen. Prüfend glitt sein Blick über Bibas Körper, dann lächelte er. »Es ist gut so«, sagte er und nickte zufrieden.

»Ich bin froh, dass du hier bist«, sagte Johanna und glitt aus dem Sattel, um den alten Mann zu begrüßen. »Ich muss dich etwas fragen, Onkel Harvey. Ich will nur erst Biba versorgen!«

»So gehört es sich auch«, stellte Harvey fest und sah zu, wie Johanna sorgsam den Sattel abnahm und Bibas Rücken und ihre Beine mit lauwarmem Wasser abwusch, ehe sie sie auf die Weide ließ.

Johanna setzte sich zu Harvey unter den Baum. Sie saßen eine Weile schweigend nebeneinander und beobachteten die Pferde, die genüsslich ihr Gras mampften. Schließlich wandte sich Johanna an Harvey.

»Bernice hat gesagt, man kann die Pferde an den Kontrollpunkten auch mit Wasser abkühlen«, begann sie.

»Ja«, meinte Harvey, »fast alle Teilnehmer haben am zweiten Stopp Helfer, die schon Wasser vorbereitet haben, um die Pferde abzuwaschen und zu tränken.«

»Ich weiß nicht, wen ich bitten soll, mir zu helfen«, sagte Johanna bedrückt. »Michael hat mir erzählt, dass ihr schon am Freitag nach der Schule nach Oklahoma aufbrechen wollt. Und der Ritt ist erst am Samstag. Könnt ihr nicht einen Tag später fahren und mir helfen?«

»Natürlich, Johanna!« Harvey lächelte. »Ich warte schon seit einiger Zeit auf diese Frage. Freunde und Onkel sind dazu da, einem zu helfen. Wir fahren erst am Sonntagmorgen los. Außerdem«, fuhr er fort und zwinkerte Johanna zu, »wäre es mir wohl kaum gelungen, Michael davon abzuhalten, bei deinem ersten Distanzritt dabei zu sein!«

»Ich bin so froh darüber«, sagte Johanna erleichtert. »Niemand kennt Biba so gut wie Michael und du. Ich hatte mir so sehr gewünscht, dass ihr uns bei unserem ersten Ritt helfen würdet!«

Johanna trainierte Biba die nächsten Wochen sehr behutsam und regelmäßig. Die schwarze Stute ging willig vorwärts und zeigte keine Zeichen von Lahmheit. Auf den Übungsritten mit Bernice führte Johanna genaue Tabellen über Bibas Werte und war immer wieder über die schnelle Verbesserung ihrer Kondition und über ihre Ausdauer und Behändigkeit erstaunt. Kein Weg war Biba zu steil oder zu steinig. Sie scheute weder vor Wasser noch vor lauten Geräuschen, und ihre Gänge waren weich, raumgreifend und gleichmäßig.

Johannas Liebe zu ihrem Pferd machte es möglich, dass sie die Stute bald in vollendeter Harmonie ritt. Biba schien Johannas Gedanken zu erraten, sie reagierte oft schon, bevor Johanna ihr die Hilfen gegeben hatte. Johanna selbst konzentrierte sich völlig auf ihre Stute und nahm selbst das kleinste Zeichen von Unstimmigkeit wahr. Sofort änderte sie ihren Sitz, überprüfte die Zügelführung und das Tempo. Der Einklang zwischen Pferd und Reiterin war offensichtlich.

»So soll es sein!« Harvey nickte, als er ihr einmal beim Training zusah. »Es ist gut, ein Pferd nach Werten und Tabellen sorgfältig zu trainieren, aber das allein genügt nicht. Ein Pferd muss willens sein, für seinen Reiter alles zu geben. Du hast das Wichtigste erreicht, Johanna. Du hast Bibas Herz gewonnen! Sie hat dir ihr Vertrauen geschenkt.«

Der Distanzritt

Vier Tage vor dem Termin des Rittes begann Johanna, Bibas Bein mit dem Quellwasser aus den Bergen einzureiben. Die Haare waren inzwischen ganz nachgewachsen, sodass man die Narbe kaum mehr erkennen konnte.

Am Abend vor dem Ritt überprüfte Johanna noch einmal ihre Ausrüstung. Sie hatte die Decke ihres Westernsattels frisch gewaschen und alle Riemen, besonders die Steigbügel, auf Schadstellen hin untersucht. Ihr Zaumzeug war eingefettet und Bibas Putzzeug ordentlich in einem Kästchen verstaut. Sie richtete zwei große Wannen und einige Eimer und saubere Tücher her, die Harvey und Michael am zweiten Stopp für sie bereithalten sollten.

Dann ging sie mit einem Apfel zur Weide und rief nach Biba. Die dunkle Stute kam augenblicklich aus dem Schatten der Bäume auf sie zugelaufen und wieherte leise. »Hier ist ein Betthupferl für dich«, sagte Johanna und gab ihr den Apfel.

Sie stand eine Weile still an ihr Pferd gelehnt in der Dämmerung. Erst als der Abendstern golden funkelnd über der Mesa aufgegangen war, machte sich Johanna auf den Heimweg. »Ruh dich gut aus, Biba!«, verabschiedete sie sich und strich der Stute zärtlich über die Nüstern. »Morgen ist ein großer Tag für uns beide!«

Als Johanna am nächsten Morgen in aller Frühe aus dem Haus gehen wollte, um sich mit Harvey und Michael bei den Ställen zu treffen, saßen neben der Tür zwei kleine Gestalten. Friedel kam freudig auf Johanna zugesprungen, Florian gähnte verstohlen. Er hatte einen Rucksack bei sich, trug Turnschuhe und einen Anorak. Aus seiner Hosentasche baumelte die Hundeleine.

»Ich dachte schon, du würdest heute überhaupt nicht mehr aufstehen wollen«, sagte er und grinste seine Schwester an. Dann wurde er ernst. »Bitte, nimm uns mit, Johanna! Ich will dir auch helfen. Du fragst immer nur Michael, wenn du etwas brauchst. Ich bin schließlich dein Bruder und gar nicht mehr klein. Ich verspreche auch, dir heute bestimmt keinen Streich zu spielen. Ehrenwort! Mama und Papa haben es erlaubt!«

Als Johanna ihn zweifelnd anblickte, zog Florian eine Grimasse. Sie musste lachen. »Gut, Florian, dann kommst du mit! Einen Helfer mehr zu haben kann nicht schaden. Bis zu den Ställen musst du allerdings auf dem Gepäckträger Platz nehmen!«

»Das macht nichts«, sagte Florian. Seine blauen Augen blitzten.

Johanna nahm ihren Bruder auf den Gepäckträger, und Friedel rannte schwanzwedelnd hinterher. Als sie in den Hof einbogen, warteten Michael und Harvey bereits auf sie.

»Ich freue mich, dass du mitgekommen bist!« Harvey begrüßte Florian freundlich. »So können wir alle drei deiner Schwester helfen!«

Johanna holte Biba von der Weide und führte sie in den Anhänger. Michael hatte bereits das Sattelzeug eingeladen, und so konnten sie losfahren.

Als sie in Chimayo ankamen, ging gerade die Sonne auf. Trotz der frühen Morgenstunde war schon alles in Bewegung. Ein Transporter nach dem anderen rollte heran, Pferde wurden ausgeladen und geputzt. Wiehern und Hufgeklapper erfüllten die Luft.

Langsam führte Johanna Biba aus dem Hänger. Die schwarze Stute spitzte die Ohren und blickte sich neugierig um.

»Als Erstes müssen wir sie zum Tierarzt bringen, damit er ihre Ruhewerte messen kann und uns bescheinigt, dass sie den Ritt gesund angetreten hat«, erklärte Michael.

Mit Herzklopfen beobachtete Johanna den Tierarzt, während er Biba untersuchte. Was wäre, wenn die Stute plötzlich lahmen würde? Johanna atmete erleichtert auf, als der Tierarzt ihr schließlich die Startpapiere reichte. »Sie haben ein ausgezeichnetes Pferd«, sagte er anerkennend. »Ich wünsche Ihnen alles Gute!«

Johanna putzte und sattelte Biba in der warmen Morgensonne. Dann musterte sie die Stute sorgfältig von oben bis unten. Biba hatte sich zu einem prachtvollen Pferd entwickelt. Johanna betrachtete die breite Brust der Stute, die kräftige Schulter und den edlen Kopf. Biba schaute sich selbstbewusst um und schnaubte. Überall wimmelte es von Menschen und Pferden, man unterhielt und begrüßte sich, verglich die Pferde und erzählte vom letzten Ritt.

»Ich wüsste gern, wo Bernice steckt«, sagte Johanna zu Michael.

»Du wirst sie spätestens am Start finden«, erwiderte er. »Manche Pferde sehen wirklich gut aus«, erklärte er und deutete auf einen großen Vollblüter, der mit stolz gewölbtem Hals neben seinem Reiter tänzelte. Man sah die Adern des Hengstes unter dem seidigen Fell. Seine Muskeln spielten bei jedem Schritt.

»Ich werde jede Menge Konkurrenz haben«, stellte Johanna fest. »Nur gut, dass ich gar nicht vorhabe, zu gewinnen!« Sie lachte. »Sonst wäre ich noch aufgeregter, als ich sowieso schon bin!«

Dann war die Zeit zum Start gekommen.

Michael küsste Johanna und klopfte Biba den Hals, Harvey wünschte ihnen Glück. »Alles Gute!«, rief Florian und winkte mit beiden Armen, Friedel neben sich, als Johanna zum Sammelplatz ritt.

Bibas Fell glänzte in der Sonne. Ihre schwarze Mähne wehte im Wind. Sie war in guter Form, und ihre Augen blickten wach und lebhaft. Etwa fünfzig Pferde aller Rassen und Größen drängten zum Start. Füchse, Schimmel und Schecken, alte und junge Reiter quirlten durcheinander. Manche ritten nur mit einer Decke, andere hatten Westernsättel, wieder andere englische Sättel. Es gab zahlreiche Variationen von Trensen, Stangen und gebissloser Zäumung; jeder schien seinen persönlichen Stil zu haben. Johanna sah einen jungen Mann, der seinen großen Braunen nur mit einem gewöhnlichen Stallhalfter ritt.

»Nun, mein Kind, wie fühlst du dich?«, hörte sie auf einmal Bernices vertraute Stimme hinter sich.

Als Johanna sich umwandte, entdeckte sie die zierliche Schimmelstute. Bernice trieb Tequila näher an Biba heran. »Siehst du, wie die jungen Hüpfer schon ihre Energie verschwenden!«, rief sie Johanna zu. Und tatsächlich waren einige Pferde vor lauter Nervosität schon nass geschwitzt.

»Tequila kann das alles nicht aus der Ruhe bringen, stimmt's?«, fragte Johanna und lächelte Bernice zu.

Ein ungebärdiger Schecke drängte sich zwischen sie, und Johanna konnte Bernices Antwort nicht hören. Die Stimmung war ausgelassen und heiter, kaum etwas erinnerte Johanna an den Leistungsdruck und den verbissenen Ernst, den sie auf Turnieren in Deutschland erlebt hatte. Langsam fuhr der Jeep, der die Gruppe die ersten hundert Meter führen sollte, an. Die Reiterschar zog sich auseinander. Manche ritten dicht an der Stoßstange des Fahrzeugs, während andere ihre Pferde bewusst zurückhielten. Jetzt bog der Jeep in die Wiese ab, der Fahrer stieg aus, senkte die rote Flagge und gab damit das Zeichen zum Start.

Sofort preschten einige Reiter in rasendem Jagdgalopp davon und verschwanden in einer Staubwolke.

»So eilig haben wir es nicht«, sagte Johanna und klopfte

Biba beruhigend den Hals. Sie sah auf einmal etwas Weißes neben sich ... Tequilas Kopf! Die Schimmelstute holte von hinten auf und war nach ein paar Schritten neben Biba, die ruhig dahintrabte.

»Du bist klüger als die anderen!«, rief Bernice und deutete in die Richtung, in der die Reiter verschwunden waren. »Sie verausgaben schon gleich zu Anfang ihre Pferde«, sagte sie kopfschüttelnd. »Es ist wichtig, den Pferden genügend Zeit zu lassen, damit sie sich warmlaufen. Wenn man die Leistung allmählich steigert, kann man mehr Ausdauer erreichen – und ein Distanzpferd ohne Durchhaltevermögen macht schnell schlapp. Warte nur ab, Johanna ...« Sie lächelte verschwörerisch. »An manchen, die uns jetzt weit voraus sind, werden wir später noch vorbeireiten, wenn ihre Pferde schon müde sind und Biba und Tequila gerade erst richtig wach werden!«

»Biba wäre zwar gern hinterhergaloppiert«, gab Johanna zurück, »aber sie machte keine Anstalten durchzugehen. Sie hat mir willig gehorcht!«

»Sie ist eben gut zugeritten«, sagte Bernice. »Und das behaupte ich nicht so schnell von einem Pferd, mein Kind. Wer, sagtest du, hat sie ausgebildet?«

»Ein alter Mann aus dem Pueblo, der sich sehr auf Pferde verstanden haben soll«, antwortete Johanna. »Er hieß Nelson Heller Stern«, fügte sie hinzu. »Ich habe seinen Bruder Leland nur einmal kurz gesehen, nach der Versteigerung, bei der Papa mir Biba gekauft hat.«

»Du hast dir ein wirklich gutes Pferd ausgesucht!« Bernice lächelte.

Sie ritten eine Weile schweigend nebeneinander her. Johanna stand in den Bügeln und ließ die Zügel durchhängen. Die Sonne wärmte sie, der frische Wind ließ ihre lockigen Haare fliegen. Biba schnaubte freudig. Ihr machte der Ritt Spaß.

Sie behielten den steten Trab, den sie von Anfang an geritten waren, bei; die flache Ebene machte den Pferden das Laufen leicht. Am strahlend blauen Himmel segelten träge ein paar kleine weiße Wolken dahin, eine Schar wilder Elstern stob krächzend vor den Hufen der Pferde auseinander und flog nach Osten. Ab und zu hüpfte ein Kaninchen unter die Salbeisträucher und Kakteen am Wegrand. In weiter Ferne konnte man die Berge sehen.

Plötzlich brach der Weg steil ab und führte in einen Cañon hinunter. Johanna sprang aus dem Sattel und führte Biba durch das Geröll nach unten.

»Du bist ein bisschen zu vorsichtig!«, rief Bernice tadelnd und ritt ihre Schimmelstute hinter Biba her.

Am Grunde des Cañons gab es eine Wasserstelle.

»Lass Biba ein paar Schlucke trinken«, riet Bernice. »Aber gib acht, dass sie nicht zu viel auf einmal trinkt, das bekommt ihr nicht!«

Ein Reiter auf einem kleinen braunen Pferd kam den Hang heruntergetrabt und ritt, ohne anzuhalten, an der Wasserstelle vorbei.

»Siehst du«, sagte Bernice und zog die Augenbrauen zusammen, »das ist ein schlechter Reiter. Zuerst sollte das Pferd kommen und dann die eigenen Interessen. In ein paar Stunden wird es sehr heiß sein, und die Pferde brauchen viel Flüssigkeit. Merk dir das, Johanna: Reite nie an einem Fluss vorbei, ohne dein Pferd ein wenig trinken zu lassen! Wenn man dazu keine Zeit zu haben glaubt, ist man ein schlechter Reiter, auch wenn man noch so gut zu Pferd sitzen mag.«

Bernice krempelte sich die Ärmel hoch und deutete auf die andere Seite des Cañons. »Nun, mein Kind, weißt du noch, wie man sich ziehen lässt?«

Johanna lachte und warf Bernice Bibas Zügel zu. Die Schimmelstute begann zu traben, und Johanna lief hinterher und hielt sich an Bibas Schweif fest.

»Das war aber ein staubiger Weg!« Johanna hustete, als sie oben angelangt waren. »Ich habe bestimmt ein Pfund Sand geschluckt!«

»Das nächste Mal binde dir dein Halstuch vor den Mund!«, riet Bernice. Dann sah sie auf ihre Uhr. »Gar nicht so schlecht für den Anfang«, murmelte sie. »Aber ein wenig schneller können wir nun doch werden!« Damit schwang sie sich in den Sattel und trieb ihre Stute in einen leichten Galopp.

Johanna folgte ihr.

»Du bist wirklich ein tolles Pferd!« Johanna lobte Biba und klopfte ihr den Hals. Die Ohren der schwarzen Stute spielten aufmerksam, sie schnaubte zufrieden.

Die Landschaft wurde hügeliger. Der Weg stieg sanft an und führte durch ein Wäldchen. Biba schwitzte nun ein wenig, aber sie atmete tief und gleichmäßig. Schon bald tauchten die Markierungen auf, die den ersten Kontrollpunkt nach zehn Meilen ankündigten. Der Weg wurde weich und sandig und bog in einen Talkessel ein.

»Da vorn ist die Schranke, dort müssen wir absteigen!«, rief Bernice Johanna zu.

Sie sprangen vor dem rotgrünen Schlagbaum vom Pferd. Eine Frau mit einer Stoppuhr gab ihnen die Karten mit der Zeit. »Die tierärztliche Untersuchung findet bei den Bäumen statt«, sagte die Frau und wies auf eine Gruppe großer, alter Baumwollbäume, unter denen Tische aufgebaut waren. Zwei Pferde waren vor ihnen dran, und Johanna und Bernice mussten warten.

»Nutze die Zeit, lockere den Sattelgurt, und schlag die Bügel hoch!«, riet Bernice und war schon damit fertig, ehe Johanna überhaupt angefangen hatte. »All diese kleinen Dinge machen es deinem Pferd leichter«, fuhr Bernice fort. »Die Tiere sollen es so angenehm wie möglich haben!«

Johanna zeigte auf eine Gruppe lebhaft redender Reiter,

die ihre Tiere in der prallen Sonne angebunden hatten. »So können sich die Pferde doch gar nicht richtig abkühlen!«, rief sie empört.

»Da hast du recht, Johanna«, erwiderte Bernice. »Pferde immer in den Schatten zu stellen, ist eigentlich eine Grundregel des Distanzreitens. Aber wie du siehst, es hält sich nicht jeder dran!«

Der Tierarzt winkte Johanna, und sie führte Biba zu ihm. Er war ein freundlicher, dunkelhaariger Mann Anfang Dreißig. Sorgsam nahm er Bibas Puls und die Atemwerte und tastete sorgfältig ihre Beine ab. »So weit ist alles in Ordnung«, sagte er. »Nun messe ich noch die Temperatur, und dann traben Sie Ihr Pferd bitte bis dort vorn zum Pfosten und in gerader Linie zu mir zurück!«

Johanna nahm Biba am Zügel. Sie lief voraus, und Biba trabte gehorsam hinter ihr her.

»Gut!« Der Tierarzt nickte zufrieden. »Kommen Sie in zwanzig Minuten wieder. Wenn Ihre Stute dann die Ruhewerte erreicht hat, können Sie weiterreiten!«

Johanna führte Biba zum Wassertrog und ließ sie in kleinen Schlucken trinken. »Sie ist kaum angestrengt!«, rief sie Bernice glücklich zu, als die mit ihrem Schimmel am Zügel näher kam.

»Du hast sie schließlich auch gut auf diesen Ritt vorbereitet«, meinte die alte Dame. »Es genügt, wenn du sie etwas abkühlst und ihr zu trinken gibst. Am zweiten Stopp wird sie wirklich erhitzt sein – da hast du dann deine Helfer. Du wirst sehen, wie gut das ist!«

Johanna hatte einen Schwamm mitgenommen und wusch damit Bibas Beine, ihren Hals, den Kopf und die Brust ab. Leise redete sie mit der schwarzen Stute. »Ich bin so froh, dass du wieder gesund geworden bist, Biba! Du bist wirklich das Pferd, das ich mir immer gewünscht habe. Ich habe dich sehr lieb!«

»Kommen deine Eltern eigentlich auch?«, wollte Bernice wissen, als sie ihre Pferde schließlich ein wenig im Kreis führten.

Johanna nickte. »Ja, sie haben versprochen, am Ziel zu warten, obwohl sie sich beide nicht sehr für Pferde interessieren.«

»Vielleicht nicht so sehr für Pferde, aber doch sicher für ihre Tochter«, sagte Bernice und lächelte.

»Klar«, meinte Johanna. »Ich wollte nur, Papa würde Biba etwas lieber haben! Er glaubt immer noch, sie sei ein verwildertes Indianerpony und nicht das richtige Pferd für mich!«

»Da winkt dir der Tierarzt!«, rief Bernice, und Johanna ging mit Biba wieder zu den großen Bäumen hinüber.

Der Arzt maß nochmals Bibas Puls, die Atemwerte und die Temperatur und trug alles auf ihrer Karte ein. »Ihre Stute hat bemerkenswert gute Erholungswerte«, sagte er. »Sie haben sie gut konditioniert, mein Kompliment! Sie können sofort weiterreiten.«

Johanna saß auf und sah sich suchend nach Bernice um.

»Reite nur los, Kind! Tequila und ich kommen nach!«, rief die alte Dame.

Und Johanna trieb Biba an. Die schwarze Stute zeigte keine Zeichen von Müdigkeit. Im Gegenteil, sie schien sich gerade erst warmgelaufen zu haben.

Jetzt führte der Weg am Rande des Cañons, durch den sich der Rio Grande seinen Weg bahnte, weiter. In der Mittagssonne leuchteten die schroffen Felsen und Klippen in Orange- und Purpurtönen, die in breiten Schichten farblich abgestuft waren. Unten in der Schlucht glitzerte grün das Wasser des mächtigen Flusses.

In die Tiefe des Cañons führte ein Weg, der gerade breit genug für ein Pferd war. Johanna zügelte Biba und wollte absteigen, als sie hinter sich jemanden rufen hörte. Sie wandte sich um und sah Bernice auf Tequila näher kommen.

»Du willst hier doch nicht absteigen, Kind?«, rief sie erstaunt. »Hast du etwa vor, dir in diesem Geröll die Beine zu brechen?«

»Nein«, erwiderte Johanna, »aber ich möchte Biba schonen, der Weg ist viel zu steil für sie!«

»Zu steil?« Die alte Dame lachte vergnügt. »Liebes Kind, du bist noch nie den Tevis Cup geritten, das schwierigste Hundert-Meilen-Rennen der Welt. Dort kannst du sehen, was steil ist! Reite nur hinter mir her – so wie ich Biba kenne, wird sie sich dabei bestimmt nicht überanstrengen!«

Bernice gab ihrem Schimmel die Zügel, und Tequila trabte freudig schnaubend in die Schlucht hinein.

Johanna zögerte. Aber als Biba ungeduldig scharrte und den Kopf hochwarf, fasste Johanna mit einer Hand in die Mähne und ritt mit einem kleinen Stoßgebet dem Schimmel nach. Biba suchte mit akrobatischer Geschicklichkeit und großer Sicherheit Halt in dem losen Geröll, das den Pfad bedeckte. Der Weg wand sich in weiten Serpentinen abwärts. Johanna schwindelte. Zu ihrer Rechten brach der Rand steil ab bis hinunter zum Rio Grande, links ragten die zackigen Felswände steil auf.

Bernice wandte sich vor ihr im Sattel um und rief: »Siehst du, es geht doch wunderbar!«

Johanna schüttelte den Kopf. »Ich hätte nie gedacht, dass es Pferde gibt, die einen solchen Weg hinuntertraben können, ohne sich dabei zu überschlagen oder zu verletzen!«

Sie war heilfroh, als sie endlich auf dem Grunde des Cañons angelangt waren. Bernice trabte weiter voraus, am rauschenden Wasser des großen Flusses entlang.

»Da drüben ist eine Furt«, rief sie und deutete den Flusslauf hinunter.

Plötzlich und unerwartet begann Biba stark zu lahmen.

Sie wurde langsamer. Johanna schossen die Tränen in die Augen. Sie hatte Biba überanstrengt!

Als sie abstieg, kam Bernice zurückgeritten. »Was fehlt ihr denn?«, fragte sie besorgt.

»Ich hatte Ihnen doch von ihrer Verletzung am Hinterbein erzählt«, sagte Johanna schluchzend und wischte sich die Tränen ab. »Ich breche den Ritt ab. Es war dumm von mir, auf Sie zu hören! Ich wusste, dass diese Geröllhalde zu gefährlich für Biba war. Sicher ist unter dem Narbengewebe etwas gerissen!«, rief sie verzweifelt.

Die alte Dame war abgestiegen. »Sie lahmt doch gar nicht mit dem Hinterbein – sie schont den Fuß vorn links!«, bemerkte sie. Sie griff in ihre Hosentasche. »Hier ist ein Hufkratzer, sieh doch einmal nach!«

Als Johanna Bibas Fuß aufhob, sah sie, dass sich ein Stein zwischen dem Eisen und der Strahlfurche des Hufes verklemmt hatte. Es gelang ihr mit einiger Mühe, den Stein zu lösen. Mit einem erleichterten Seufzer stellte sie dann Bibas Bein wieder zu Boden.

»Ich habe mir furchtbare Vorwürfe wegen meiner Unvorsichtigkeit gemacht«, sagte sie zu Bernice. Schnell fuhr sie prüfend über die Narbe. Das Bein war nicht übermäßig warm und das Gelenk klar und trocken.

Im Weiterreiten erklärte Bernice: »Es ist sehr unwahrscheinlich, dass sich ein Pferd beim Bergabreiten auf der Hinterhand überanstrengt. Den Großteil des Gewichts müssen die Vorderbeine übernehmen – das ist doch logisch, nicht?«

»Sie haben recht«, stimmte Johanna zu. »Ich war nur so erschrocken, und ich hatte mir fest vorgenommen, nicht weiterzureiten, sobald Biba auch nur das geringste Anzeichen einer Krankheit zeigen würde!«

»Damit hast du völlig recht«, sagte Bernice und lenkte die Schimmelstute in die Furt.

Bald waren die Pferde bis zum Bauch im Wasser. Johanna musste ihre Beine hochziehen, um keine nassen Füße zu bekommen.

Im Inneren des Cañons herrschte eine eigenartige Atmosphäre. Nichts bewegte sich, kein Lufthauch wehte, nur der große Fluss zog träge dahin. Wie stumme Wächter standen die roten Steinwände zu beiden Seiten des Wassers. Manche ihrer zerklüfteten Zacken sahen aus wie Türme. Dann wieder konnte Johanna rundgeschliffene Eingänge zu dunklen Höhlen erkennen. Sie glaubte, tief im Inneren der Erde zu sein. Ein merkwürdiges Gefühl der Zeitlosigkeit überkam sie hier; es war eine Stimmung wie bei den alten Ruinen in dem kleinen Tal, das Michael ihr gezeigt hatte.

Der Himmel schien sehr fern zu sein. Hoch oben im Blau konnte Johanna zwei dunkle Punkte sehen, die langsam über der Schlucht kreisten. Der Weg nach oben war sehr steil und steinig, und Johanna ließ sich wieder von Biba ziehen.

Oben warf Bernice einen Blick auf ihre Uhr und erklärte: »Nun wird es Zeit für mich, etwas Tempo vorzulegen, meine Liebe. Reite du nur gemütlich weiter wie bisher. Es ist ja schließlich dein erster Ritt. Behalte die Markierungen gut im Auge! Der Weg ist an manchen Stellen nicht sehr deutlich gekennzeichnet.«

Damit stellte sie sich in die Bügel, und die weiße Stute flog nur so davon. Johanna hatte Mühe, Biba im Trab zu halten. Sie schnaubte unwillig und begann vor Aufregung zu schwitzen. Erst nach einigen Meilen fand sie sich damit ab, nicht galoppieren zu dürfen, und beruhigte sich.

Es wurde immer wärmer. Selbst der Wind kühlte Johanna nicht mehr, sondern schlug ihr wie heiße Ofenluft ins Gesicht und trocknete ihre Lippen aus. Sie ritt lange über die Mesa. Weit und breit gab es nur Kakteen, Zedernbüsche, Sand und loses Geröll. Da war kein Schutz vor der glühenden Sonne.

Johanna atmete auf, als der Weg endlich wieder in baumbestandenes, hügeliges Gelände führte. Auf einmal sah sie vor sich einen kleinen Schecken, den sein Reiter am Zügel hielt. Das Pferd war tropfnass und zitterte. Johanna hielt Biba an und fragte: »Kann ich dir irgendwie helfen?«

Der sommersprossige junge Mann sah kurz zu ihr auf und schüttelte den Kopf. »Nein, danke«, sagte er. »Ich führe Benny bis zum nächsten Kontrollpunkt. Es kann nicht mehr weit sein. Er ist mir in der Mesa durchgegangen. Ein Kojote hat ihn erschreckt. Die Hitze und das Rennen waren zu viel für ihn!«

Johanna sah den Schecken mitleidig an. »Der Arme! Meinst du, dass er sich wieder erholt?«, fragte sie.

»Bestimmt!«, antwortete der junge Mann. »Reite ruhig weiter, ich komme schon zurecht. Notfalls breche ich den Ritt ab und bringe Benny nach Hause.«

Johanna trabte nachdenklich weiter. »Ich bin sehr froh, dass du dich nicht so verausgabt hast, Biba«, sagte sie leise und strich der schwarzen Stute liebevoll durch die Mähne. Schon bald tauchte die Markierung für den Kontrollpunkt nach der zweiundzwanzigsten Meile auf.

Johanna ließ sich an der Schranke die Zeit geben und glitt aus dem Sattel.

Der Tierarzt hatte nichts zu beanstanden, und als Johanna sich umdrehte, stand Michael hinter ihr. Er umarmte sie fest und nahm ihr die Zügel aus der Hand.

»Wir haben alles dort in der Ecke aufgebaut!«, sagte er eifrig und deutete auf einen windgeschützten Platz bei einem Baum. Biba war nass geschwitzt und durstig. Michael sattelte sie schnell ab und wusch ihr den Rücken und die Beine mit einem großen Schwamm und lauwarmem Wasser.

Harvey begrüßte Johanna herzlich. »Überlass uns die Arbeit!«, schlug er vor. »Setz dich in den Schatten und ruh dich aus.« Dann nahm er einen kleineren Schwamm und wusch Bibas Gesicht und den Hals. Nachdem die Stute einige Schlucke getrunken hatte, hängte Harvey ihr ein feuchtes Handtuch über den Kopf.

Florian brachte noch einen Eimer Wasser und sagte stolz: »Onkel Harvey hat mir alles erklärt. Man darf kein eiskaltes Wasser nehmen, weil das Pferd sonst einen Kreuzschlag kriegen könnte. Ich habe fast alles Wasser allein getragen!«

»Prima, Florian!«, sagte Johanna und strich ihrem Bruder zärtlich über den Kopf.

Michael führte Biba in kleinen Kreisen herum und tränkte sie in kurzen Abständen, bis sie keinen Durst mehr hatte.

Johanna war müde und angestrengt von der Hitze des Rittes. Sie war froh, dass Harvey, Florian und Michael ihr Pferd so sorgfältig betreuten und sie sich im Schatten ausruhen konnte.

Harvey sah Johanna aufmunternd an. »Es sind nur noch drei Meilen bis zur Ziellinie!«, sagte er.

»Biba möchte so gern rennen«, sagte Johanna. »Ich muss sie ständig zurückhalten!«

»Du kannst ihr auf der letzten Strecke ruhig die Zügel geben!«, riet Harvey. »Sie hat sich ja gerade erst warmgelaufen.« Er lächelte und zwinkerte Johanna beruhigend zu.

Als sie wenig später mit Biba zum Tierarzt kam, schickte der gerade das Pferd vor ihr mit seinem Reiter wieder zurück. Es hatte sich noch nicht genügend erholt. Johanna aber durfte sofort weiterreiten.

Michael winkte ihr zu und rief: »Alles Gute! Wir sehen uns am Ziel!«

Vor Johanna lag ein breiter, weicher Weg, der in großen Windungen durch den Wald führte. Sie begann, zu traben, und bald beschleunigte Biba das Tempo. Johanna hörte hinter sich die Hufschläge eines herangaloppierenden Pferdes. Ein kräftiger Fuchs zog in gestrecktem Galopp an ihnen vorüber.

»Langsam, Biba, wir wollen kein Wettrennen veranstalten!«, flüsterte Johanna ihrer Stute zu und nahm die Zügel kürzer.

Biba gehorchte widerwillig. Als der Fuchs außer Sichtweite war, ließ Johanna ihrer Stute endlich freien Lauf. Biba schien sich unter ihr zu ducken, als sie ihre Galoppsprünge vergrößerte und sich streckte. Johanna beugte sich tief über Bibas dichte Mähne und sah die Landschaft zu einem bunten Streifen verschwimmen, der rasend schnell vorbeiflog. Bibas Hufe schienen den Boden kaum zu berühren. Der Wind trieb Johanna Tränen in die Augen.

Schon konnte sie die Ziellinie erkennen.

»Dort kommt sie!«, rief Klaus Küffner aufgeregt und fasste seine Frau am Arm. »Die Stute ist nicht wiederzuerkennen!«, rief er verblüfft. »Man sieht ihr kaum an, dass sie fünfundzwanzig Meilen hinter sich hat!«

Der Richter senkte die Flagge und stoppte Johannas Zeit, als sie über die Ziellinie flog. Johanna fürchtete, die Kontrolle über Biba verloren zu haben, und nahm energisch die Zügel an. Da bäumte sich die schwarze Stute halb auf und kam, auf den Hinterbeinen rutschend, nach ein paar Metern in einer Staubwolke zum Stehen.

»So rasant hättest du nicht anzuhalten brauchen!«, sagte Michael vorwurfsvoll. Er hustete und nahm Bibas Zügel.

»Ich dachte nicht, dass sie so prompt reagiert«, erwiderte Johanna verlegen.

Michael schloss sie in die Arme. »Du hast wohl geglaubt, Biba sei ein verwildertes Indianerpony?« Er lachte.

Johanna schüttelte energisch den Kopf. »Nein, sie ist das beste Pferd der Welt!«, sagte sie glücklich und legte ihre Wange an Bibas Hals.

Johannas Eltern kamen zu ihnen. Ihr Vater strich Biba durch die Mähne. »Ich bin stolz auf dich, Johanna«, sagte er. »Tag für Tag hast du Biba gepflegt und versorgt und hast den Glauben, dass sie wieder gesund wird, nicht verloren. Du hast einfach nicht aufgegeben, und das bewundere ich, meine Tochter!«

Ihre Mutter umarmte Johanna. »Papa hat recht. Du hast durch deine liebevolle Fürsorge Biba geholfen, wieder ein so schönes, vertrauensvolles Pferd zu werden! Ihr passt so gut zueinander!«

»Ohne Onkel Harvey und Michael wäre Biba nicht wieder gesund geworden«, erklärte Johanna.

»Das stimmt«, gab ihr Vater zu. Er gab Michael die Hand. »Ich danke dir, Michael. Ohne dich hätten wir Biba nicht gekauft, und du hast recht behalten – sie ist das richtige Pferd für Johanna. Vielleicht wäre einiges mit einem anderen Pferd problemloser verlaufen ... aber Johanna hätte niemals all die Dinge gelernt, die sie durch Bibas Krankheit und ihre Pflege erfahren hat. Sie ist richtig erwachsen geworden und hat viel Verantwortungsbewusstsein entwickelt. Ich glaube, die beiden haben sich gegenseitig geholfen!«

»Johanna, du musst noch mal zum Tierarzt!«, rief Florian, der jetzt mit Harvey zum Sammelplatz kam. Michael legte den Arm um Johanna, und Florian durfte Biba führen. Beim Anhänger hatte Harvey Wasser für sie bereitgestellt, und nachdem Biba abgewaschen war und getrunken hatte, brachte Johanna sie zur letzten Kontrolle.

Sorgfältig tastete der Tierarzt Bibas Beine ab. »Das muss ja einmal eine böse Verletzung gewesen sein«, sagte er und deutete auf die kaum noch sichtbare Narbe. »Was für ein Glück, dass sie so gut verheilt ist!« Er wandte sich an seinen Assistenten. »Tragen Sie in die Tabelle ein: Gesunde Beine, keine Anzeichen von Überanstrengung!« Er blickte

Johanna an und griff in eine Kiste. Dann holte er eine kleine rote Schleife hervor und befestigte sie an Bibas Halfter.

»Was ist das denn?«, fragte Johanna verblüfft.

»Das«, sagte der Tierarzt und gab ihr die Hand, »ist die Auszeichnung für das Pferd mit der besten Kondition! Kein anderes Pferd hatte so gute Erholungswerte wie Ihre Stute. Es ist harte und mühsame Arbeit, ein Pferd so gründlich und schonend vorzubereiten – und wir Distanzreiter wissen das zu schätzen. Wir geben Ihnen diese Schleife als Erinnerung und Zeichen unserer Anerkennung!«

»Vielen Dank!« Johanna strahlte.

Florian fasste Friedel bei den Vorderpfoten und führte mit dem kleinen Hund einen Freudentanz auf.

Harvey nahm Johanna beim Arm »Siehst du, es kommt gar nicht darauf an, die Schnellste zu sein und zu gewinnen. Das Wesentlichste ist, dass einem der Ritt Freude macht und man sein Pferd und sich selbst gesund durch das Ziel bringt. Das allein ist genug. Aber dass du dazu noch die Auszeichnung für die beste Kondition bekommen hast, das freut mich! Du hast gut gearbeitet und Biba gewissenhaft und verantwortungsvoll trainiert.«

»All die Mühe hat sich gelohnt, Onkel Harvey. Nun weiß ich, dass Biba wieder ganz gesund ist. Vielen, vielen Dank für deine Hilfe! Ohne dich wäre Biba heute wohl nicht einmal mehr am Leben!«, sagte Johanna tief bewegt. Sie drückte Harveys Hand.

»Darf ich reiten?«, drängte Florian. Er sah seine Schwester bittend an.

Sie lachte und hob ihn schwungvoll aufs Pferd. »Friedel kann leider nicht mitreiten!«, rief sie und drückte Michael die Leine in die Hand. Florian saß stolz wie ein kleiner König auf Biba. Gelassen trug die Stute ihn zum Anhänger zurück.

Als Johanna Biba gefüttert hatte, band sie die schwarze

Stute im Schatten eines Baumes an. Sie ging zum Auto, um selbst einen Schluck Wasser zu trinken. Als sie wieder zu Biba hinübersah, stand ein kleiner alter Indianer neben der schwarzen Stute und sprach leise mit ihr. Seine Hand ruhte liebevoll auf ihrem Kopf.

»Das ist doch Leland Heller Stern!«, sagte Johanna zu Michael. »Der Bruder von Nelson Heller Stern, der Biba ausgebildet hat!«

Michael nickte. »Komm, wir wollen ihn begrüßen!«, sagte er und nahm Johannas Hand.

Der alte Mann trug rote Bänder in seinen langen, grauschwarzen Zöpfen, ein buntes Hemd und schwarze Hosen, die ihm viel zu groß waren. Er sah Johanna freundlich an. Dann redete er in seiner Sprache mit Michael.

Der übersetzte: »Leland Heller Stern sagt, dass er froh ist, Biba und dich wiederzusehen. Bibas Augen zeigen ihm, dass du gut mit ihr umgehst und dass sie mit ihrem Leben zufrieden ist.«

Der alte Indianer hustete und sprach weiter: »Meinem Bruder Nelson war bei der Ausbildung seiner Pferde nur eines wichtig: der Ausdruck ihrer Augen. Wenn du Biba weiter trainierst, achte darauf. Wenn ein Pferd keine Freude mehr am Leben hat, wenn ihm die Arbeit keinen Spaß mehr macht, behandelst du es falsch. Schau nicht auf deine Tabellen und Zahlen. Sie nützen nichts, wenn du aus einem Pferd dabei eine seelenlose Rennmaschine machst. Du fütterst es gut, aber sein Fell bleibt stumpf. Es mag wohl rennen, doch seine Augen leuchten nicht mehr!«

Der alte Mann wies auf andere Pferde. »Auch hier siehst du solche Pferde, und das ist schlimm. Sieh in Bibas Augen, dann wirst du wissen, wie es um sie steht, ob sie fröhlich ist, ob sie laufen mag, ob es ihr gut geht. Ihre Augen können dir mehr über sie sagen als alle Tabellen der Welt!«

Der alte Mann sah gedankenverloren in die Ferne. »Es

ist gut«, murmelte er fast unhörbar. »Nun will ich noch ein wenig mit deinem Pferd sein, wenn es dir recht ist!«

Johanna nahm die Hand des alten Mannes. »Sie können bei Biba bleiben, so lange Sie wollen. Ich danke Ihnen sehr für den guten Rat, den Sie mir gegeben haben. Ich werde ihn nicht vergessen!«

Michael übersetzte ihre Worte, und der alte Indianer lächelte und nickte Johanna zu.

Allmählich wurde das Treiben auf dem Sammelplatz ruhiger. Die Pferde wurden langsam herumgeführt und gewaschen; man wartete auf die Auswertung des Rittes. Schließlich knackte es in den Lautsprechern, und ein Sprecher gab den Sieger und die ersten fünf Platzierungen bekannt.

»Bernice ist Zweite geworden!«, schrie Johanna und spähte über den Platz, um ihrer Freundin zu gratulieren.

Da kam die alte Dame mit ihrem Schimmel am Zügel auf sie zu und umarmte sie herzlich. »Siehst du, Kind, das Weiterreiten hat nicht geschadet!« Sie lachte fröhlich. »Nächste Woche treffen wir uns wieder zum Reiten und machen die Strecke etwas länger!«

Noch ehe Johanna etwas erwidern konnte, war sie bereits mit Tequila zum Ausgang unterwegs. »Vielen Dank!«, rief Johanna ihr nach, und Bernice winkte ihr aus der Menge noch einmal zu.

Es dämmerte bereits, als sie wieder bei den Johnsons ankamen. Die Berge erhoben sich wie dunkle Schatten vor dem Horizont, der Abendstern funkelte. Ein Vogel saß in der Esche vor dem Haus und zwitscherte sein Abendlied.

Johanna und Michael brachten Biba zur Koppel. Michael sagte ein paar indianische Worte zu der schwarzen Stute und klopfte ihr sanft auf den Rücken.

Johanna gab ihr einen Apfel. »Vielen Dank, Biba!«, flüsterte sie. »Ruh dich aus, und schlaf gut heute Nacht!«

Biba schnaubte und ging langsam zu den anderen Pferden. Johanna und Michael blieben noch eine Weile stehen und sahen der Stute nach, bis sich ihre Gestalt im Halbdunkel verlor.

»Morgen früh fahren wir nach Oklahoma«, sagte Michael ernst.

»Ich weiß«, murmelte Johanna und nahm seine Hand. Schweigend standen sie in der Dunkelheit nebeneinander. »Komm, lass uns gehen.« Johanna hakte sich bei ihm ein. »Ich mag keine langen Abschiede!«

Sie umarmte Harvey und drückte Michael fest an sich. Florian gab beiden die Hand und stand mit Friedel dicht bei Johanna, als der Wagen wendete. Michael stieg noch einmal aus. Er ging zu Johanna zurück und flüsterte ihr etwas ins Ohr. Sie hörte aufmerksam zu, dann lachte sie und küsste ihn. »Bis bald!«, rief sie und winkte, bis die roten Rücklichter nicht mehr zu sehen waren.

»Nun sag schon!«, rief Florian ungeduldig. »Was hat er dir ins Ohr geflüstert?«

Johanna lachte. »Etwas streng Vertrauliches, das nicht für die Ohren von Brüdern bestimmt ist«, sagte sie geheimnisvoll.

Beide lachten, dann brachten sie das Sattelzeug in den Stall. Florian kletterte auf den Gepäckträger, und sie fuhren im ersten Mondlicht nach Hause. Friedel lief hinter ihnen her und schnappte spielerisch nach der Hundeleine, die wieder aus Florians Hosentasche baumelte.

Jennifer Donnelly

Waterfire Saga

Das erste Lied der Meere

Irgendwo in der Tiefe gibt es ein Licht …

Prinzessin Serafina wird von Albträumen verfolgt. Sie prophezeien die Rückkehr einer uralten, bösen Macht. Als ihr Königreich angegriffen wird, scheinen sich Serafinas schlimmste Ahnungen zu bestätigen. Geleitet von ihren dunklen Träumen, macht sich die Meeresprinzessin mit ihrer besten Freundin Neela auf den Weg. Sie müssen vier weitere Meerjungfrauen aus Serafinas Träumen finden – und sechs Talismane. Nur so können sie die Zerstörung ihrer Welt verhindern …

Mitreißend, rätselhaft und gefährlich wie das Meer selbst!

384 Seiten, gebunden
€ 14,99 [D]
ISBN 978-3-505-13657-3

Alice Moss

Kristallkuss

Was wählst du, Liebe oder Unsterblichkeit?

Als ihre Blicke sich zum ersten Mal treffen, steht für Faye die Welt still. Ihr Herz erinnert sich an diesen Jungen, scheint ihn seit einer Ewigkeit zu kennen. Dabei sind sie sich nie begegnet … Doch Finn ist zunächst abweisend und geht ihr aus dem Weg. Ganz im Gegensatz zu Lucas, dem Neuen in der Klasse. Der bemüht sich umso mehr, Fayes Herz für sich zu gewinnen. Faye weiß nicht mehr, wo ihr der Kopf steht. Und das ausgerechnet jetzt, wo alles um sie herum aus den Fugen gerät: Unheimliche Wölfe streifen durch die Wälder, eine Motorradgang hält die Stadt in Atem, und die Polizei findet die Leiche eines Fremden im Schnee. Der Tote trug ein Foto bei sich. Ein Foto von Faye …

Romantisch, atmosphärisch, mitreißend – ein Roman wie ein Sog!

352 Seiten, broschiert mit Klappe
€ 12,99 [D]
ISBN 978-3-505-13672-6